AF208313

Dimitris Karamitros

GEIST

Anna Aliasons

minnen tankar drömmar

FSC
www.fsc.org
MIX
Papper från
ansvarsfulla källor
Paper from
responsible sources
FSC® C105338

© 2023 Dimitris Karamitros
Illustration: Dimitris Karamitros
Korrekturläsning: Anne Frank, Sophia Rappestad
Förlag: BoD – Books on Demand, Stockholm, Sverige
Tryck: BoD – Books on Demand, Norderstedt, Tyskland
ISBN: 978-91-8057-563-8

Geist: liv, livlighet, eld, gnista, glöd, livfullhet, iver
Motsatsord: apati

Inledning

Två helt underbara och roliga dagar i Göteborg led mot sitt slut. Jag kom, jag såg, och allt var som det skulle. Solen sken hela tiden, fåglarna i Botaniska Trädgården jagade varandra för att bevaka sina revir, stora sällskap grillade och lekte på Slottsskogens öppna ytor med eller utan hundar. Unga och gamla njöt av denna sensommarens härliga tid i caféer, på parkbänkar och på restaurangernas uteserveringar.

"Så, hur ska jag avsluta mitt besök i favoritstaden denna gång?" tänkte jag och sparkade till någons felriktade boll som kom rullandes framför mig.

Pojken som var på väg att hämta bollen ropade något på bruten svenska, men upptagen av mina tankar uppfattade jag inte riktigt vad han sa, utan fortsatte promenera vidare.

"Ja, varför inte gå och ta en titt på stadsbibliotekets grekiska avdelning? Det vill säga, om det finns någon sådan kvar" bestämde jag till slut.

Jag borde kanske presentera mig, ge ett ansikte till min berättelse och bakgrunden till det som följer på kommande sidor.

Mitt namn är Dan Haraldson och för många år sedan bodde jag och arbetade under en kort tid på Göteborgs lokalradio. Jag hann aldrig bli göteborgare men under den korta tid jag bodde här trivdes jag mer än någon annanstans i detta avlånga land. Det var inte självvalt att lämna min bondhåla och komma närmare civilisationen.

Jag blev kallad hit för att producera en serie program om grekisk musik och lyrik. En givande tid som tyvärr snabbt tog slut av personliga skäl.

Gamla minnen dök upp och jag log för mig själv.

Känslan av hur bra jag trivdes i staden fyllde mig med värme, alla vänliga och hjälpsamma människor jag hade träffat, mitt jobb på radion och alla favorituteplatser jag brukade hänga på under min fritid.

Det alldeles speciella cappuccino-kaffet med kanel som jag brukade njuta av nära stadsbiblioteket, promenaderna i Trädgårds-föreningens livliga park och många andra både roliga och pinsamma situationer jag hade blivit intrasslad i.

Med raka och bestämda steg klev jag in i bibliotekets stora entré och frågade efter den grekiska avdelningen.

Den unga flickan som tog emot min fråga, och skulle hjälpa mig såg först lika vilsen ut som jag själv i bibliotekets nya interiör.

Men snabbt klickade det rätt i hennes funderande, och hon pekade någonstans mot husets innandöme. Jag uppfattade att där skulle hittas tidningar, utskrifter och något mera sydeuropeiskt kunskapsstoff.

Med allt rätt man kan ju undra varför en Dan Haraldson söker sig till bibliotekets grekiska avdelning?

Det är av det enkla skälet att jag kan grekiska, min styvfar var grek och på den vägen… Dessutom var det länge sen jag lyxade med tidsslöseri, som bläddrande av en fysisk tidskrift på grekiska innebär.

Efter lite sicksackande i byggnaden hittade jag rätt. Där satt några gamla gubbar och läste tidningar på olika språk, och en av dem var fördjupad i en grekisk tidskrift. Jag vände mig till honom.

- Ursäkta mig min herre, sa jag på grekiska.

Han lyfte huvudet och med nyfiken blick och upphöjda buskiga ögonbryn granskande han mig från topp till tå.

- *Ειστε Ελληνας?* frågade han mig till slut.

- Inte riktigt men… grekälskare skulle man kunna säga kanske! sa jag och log lekfullt mot honom.

Jag undrar om, ja om det finns någon grekisk avdelning kvar i biblioteket. Sist jag var här, och det var många år sen, fanns både böcker, tidningar och tidskrifter från ditt hemland. Så jag undrar hur det är nu?

- Jaså! sa han och fortsatte att speja nyfiket på mig. När sa du att du var här sist?

”Suck!” tänkte jag irriterat. ”Och nu ska jag under min sista dag i Göteborg sitta här och förhöras av en gammal grek som inget annat har att göra än att vänta på nästa offer som råkar hamna i hans närhet.

Men vad gör man? En dag hamnar jag kanske på samma stol och väntar på att någon knackar på min krökta rygg och berikar min dag med lite innehåll, ”så var hygglig nu” avslutade jag mitt funderande.

- Det var… låt mig se, det var i början av millenniumskiftet då jag bjöds hit av en bekant som jobbade på Göteborgsradions grekiska redaktion.

”Var det så många år sedan?” tänkte jag förvånat.

- *Τι μου λετε?* svarade han hövligt. Säger du det? Då var det, få se… Men då var… Aris… hm, vad sa du att du heter?

- Oh, det tror jag inte att du skulle komma ihåg, men programledaren hette Aris Kalifarkidis, och hon som skrev texterna hette Anna Aliason. Programmet vi gjorde tillsammans presenterades som: "En grekisk afton med sång och lyrik".
- Precis! svarade han glatt. Och du var med säger du?
- Eh, jag hade blivit anlitad för att producera programmet.
- Ja, jag minns er alla, och alla program ni gjorde ihop!

Helt förbluffad av hans igenkännande stod jag med vidöppen mun utan att veta vad jag skulle säga.
Jag stirrade nyfiken på hans ansiktsuttryck och undrade om detta mötes sannolikhetsfaktor, att jag efter så många år skulle träffa en grek som kom ihåg mig och mina program.
- Ja! Men hur, hur kan du komma ihåg allt efter så många år? stammade jag.
- Inte svårt. Det var inte svårt att räkna ut det heller. Jag ska förklara. Jag har lyssnat på göteborgsradion sen jag lärde mig förstå det här landets språk. Det var för många år sen. Redan då fanns någon sorts grekisk redaktion som en gång i veckan sände nyheter för greker om både hemlandet och Sverige. Dock handlade det mesta om sport eller högpolitiska beslut och varken det ena eller det andra intresserade mig. Sen tog Aris över. Vi kände varandra sen tidigare eftersom han redan bodde i Göteborg långt innan han började på radion.
Du känner säkert till att redan innan han fick jobbet på radion arbetade han som sportkorrespondent för grekiska riksradion, och egentligen behövde han inte mera jobb men han tyckte om idén. Tyvärr var omständigheterna sådana att vi inte kunde umgås så ofta.

Du förstår familj, barn, jobb för mig, och olika uppdrag runt om i landet för honom. Tiden räckte inte till för mycket umgänge. Så gissa om jag blev överraskad när jag i en av hans program fick höra om det nya program som skulle startas på både grekiska och svenska.

Bland annat nämndes att den nya gästproducenten var en ung svenskgrekisk man uppifrån landet. Det vill säga du!

- Jag är förbluffad, vet inte vad ska jag säja, sa jag efter en stund. Att du kommer ihåg allt det här är det som är mest uppseendeväckande för mig.

- Aa! Det är inte så konstigt! Jag har kvar alla era program! Både de som hade sänts på radio och de inspelade som sändes efter att du hade åkt.

- Wow! Har du alla mina program?

- Jajamän. Fast ärligt talat, inte alla. Bara de som Anna hade skrivit texterna till. Både live och från studion.

- Hur fick du tag i dem?

- Jag fick dem av Aris. När han blev hemkallad till Grekland och höll på att packa, berättade jag hur mycket jag tyckte om programserien med kåserier och den annorlunda grekiska musiken som du klämde in. Vet du vad han gjorde då? Ha, ha, ha. Den dagen som vi skulle ta vår sista kopp kaffe tillsammans, tog han fram ett svart fodral med dragkedja som han med ett stort leende öppnade framför mig. Där inne fanns fyra blänkande CD-skivor. Jag tittade på skivorna utan att kunna förstå, och sedan undrande på honom, eftersom han skrattade så där: hiihiiihihi, kommer du ihåg hans konstiga skratt? Sedan pekade han med sitt finger på etiketten som låg i fodralets fack. Jag tog fram den och läste högt:

- Ett grekiskt serieprogram fyllt med lyrik, poesi och berättelser av Anna Aliason.

Jag var bragt ur fattningen och glatt överraskad av vad mitt biblioteksbesök hade gett.

- Och, vad sa du att du hette? frågade jag den snälle mannen.

- Jag sade det aldrig, sa han och ryckte leende på axlarna. Mitt namn är Kostas Resonidis! Jag är Pappa till Anna Aliasson!

- Men, Vad säger du? Är Anna din dotter? sa jag förvånad av hans avslöjande och samtalets vändning. Hur mår hon? Vad gör hon nu för tiden…

Han lyfte sin hand för att stoppa kaskaden av frågor som rann ur min exalterade mun.

Med svag otydlig röst berättade han att hans älskade dotter Anna hade gått bort för sex år sedan, och hur mycket han saknade henne fortfarande…

- Va? Jag beklagar, inte visste jag att hon var sjuk, avbröt jag honom förvånad.

- Nej, sjuk var hon inte utan… ja, jag vet inte, jag tror att hon blev… mördad! sa han och tittade på mig för att se effekten av hans otroliga avslöjande.

- Vad säger du? Mördad? Hur? Var? När? Chockad av hans avslöjande försökte jag uppfatta vad han nyss sagt.

- Det är vad jag tror förstår du, eller rättare sagt så är jag övertygad om det. Jag sa till polisen allt jag visste, och att de borde göra en djupgående undersökning, men polisen ville ha bevis för att kunna agera åt det hållet. Du kanske inte känner till att efter radion gick hon över till ett juristföretag som anlitades av migrationsverket. Hon skötte de speciella undersökningar av personer som skulle kunna bli problematiska för landet.

Hon var ju socialantropolog och var insatt i frågor som gäller etnicitetsbeteenden. Men ett fall hon behandlade var läskigt och skrämde henne, berättade hon. Vid ett tillfälle sa hon att till och med hon kände sig hotad. Det dröjde inte länge innan hon blev påkörd vid ett övergångsställe. Bilen hade varit stulen och inga indikationer fanns om vem förare var.

Han pratade och jag lyssnade medan mina tankar redan fanns någonstans bak i tiden.

Det var många år sedan jag hade samarbetat med hans dotter, en känslig och väldigt skarpsinnig ung kvinna som brann för rättvisa och solidaritet. Dessutom var hon vacker, väldigt attraktiv och envis. "Jag vet det, brukade hon säga, kanske jag inte kan förklara fackmannamässigt men jag vet att jag vet".

Vi hade många häftiga diskussioner om allt hon ville göra på den begränsade sändningstid vi hade till förfogade. Hennes ungdomliga positivism var raka motsatsen till en del av hennes texter, och jag mindes hennes diggande vid redigeringsbordet när hon lyssnade på den utvalda bakgrundsmusiken.

Förvisso fanns ett visst flörtande där redan från början, en flört som skulle kunnat utvecklas till något intressant om jag inte varit tvungen att avbryta mitt samarbete med redaktionen. Som sagt, hon var mycket till kvinna, människa och medarbetare.

Några minuter satt vi tysta med böjda huvuden och jag märkte hur hans gamla händer som vilade på knäna plötsligt började darra. Bedrövad satt jag mållös bredvid honom.

Vilket öde för en ung kvinna. Vilket slöseri med ett lovande människoliv, vilken tragedi.

Och en sådant sammanträffade att jag just på min sista dag i
Göteborg, bestämde mig för ett besök just hit, och inte till mitt
favoritkafé mitt emot. Av en ödets nyck skulle den enda grek som
jag kunde samman kopplas med i hela Göteborg sitta här och
vänta på min ankomst. Annas far.

Tystnaden hängde kvar mellan oss, och bruset av våra tankar kunde
höras i hela tidningsrummet.

Då och då lyfte han blicken och tittade undersökande på mig, för att
sedan låta den vila på något framför honom.

- Jag kan fixa en kopia om du vill, sa han till slut och såg på mig.

- En kopia? undrade jag och bröt min avskärmade distans och tittade
nyfiket på honom.

- En kopia av hennes texter, eller hela programserien om du så
önskar.

- Oh! Det skulle vara underbart, för det finns inget kvar i mitt bagage
från tiden jag var här, sa jag och såg på honom förväntansfullt glad
över hans erbjudande, men sedan kom jag på att jag skulle åka hem
morgon därpå.

- Det finns ett litet problem ser du. Jag åker imorgon bitti och jag
tror inte att vi hinner ses innan.

- Oroa dig inte, jag fixar det. Säg bara när ditt tåg går och jag möter
dig på tågstationen.

Det var värme vid vårt avsked. Det var som om vi hade känt
varandra länge, eller som om osynliga band hade virvlat runt oss.
Innan vi skulle säga adjö frågade han om vi skulle ses igen. "Säkert,
någonstans, på något sätt. Är det inte så man gör i bra
radioberättelser?" sa jag skrattande till honom.

En tid hade gått efter denna märkliga träff med Annas far och under tiden hade jag hunnit både lyssna på och läsa hennes texter.

Det dröjde inte lång tid innan en liten tanke smög sig in i min rastlösa skalle och började ta form i min hjärna, en idé om något jag skulle göra. Tills en morgon, då jag vaknade fast besluten om vad jag skulle göra med det inspelade material jag fick som gåva.

- Jag ska göra en bok av Annas texter! ropade jag glad av infallets förlossning.

Jag menar ska ge ut Annas skrivande, hennes radiokåserier, tankar och drömmar i en bok som ska tala om det outtalade, av de hemliga tankar som människor av dubbla ursprung väcks av på nätterna, eller spökar i vardagen. Det ska jag!

Men vänta, hur återger man i ord flera radioprogram som visserligen finns många stycken man kan föra över på papper men… det är poesi, musik, och kåserande framställningar som ska bindas ihop till en helhet.

Jag behöver en berättelse, eftersom texterna i sig inte räcker som stomme. Det ska präglas av Anna Aliassons texter, den unga grekinna, min vän, och medarbetare, som hade växt upp och uppfostrats med svenska värderingar men vars identitet var kluven av två så differentiella kulturer.

Det var tidig vår minns jag, då sista programmet sändes ifrån en restaurant någonstans i Majorna. Det var en speciellarrangerad händelse med mat, dryck och levande musik, inbjudna kulturkändisar och vanliga restaurang-gäster, svenskar och greker tillsammans som läste upp sina alster, och diskuterade vilt om sina kulturella olikheter.

Del 1

"Som under en resa, när fartyget förtöjer och du går i land för att hitta vatten och plockar upp ett skal eller en lök, måste du ha tankarna fästa vid fartyget och ständigt blicka tillbaka, se om kaptenen kommer att kalla dig..."

Epiktitos

Ord och ton

Kära vän, avskuren i det teknokratiska norr, du med hjärtat uppdelat i två verklighetsvärldar. För dig, med uppdelad samhörighet vill jag dela dessa rader.

I detta program, fyllt med funderingar, drömmar, och en och annan lustighet vill jag överbrygga avstånden som förbinder dig med din egen personliga historia.

Ett program fyllt med dikt, poesi och vardaglig realitet, som ibland håller vår individualitet kvar i en idealisk uppfriskande expedition, och ibland i en pressande nostalgi som plågar vår tillvaro,

likt det stormiga havet som ansätter återvägens skepp.

Dessa utmärkande ögonblick vill jag dela med dig.

Ögonblick, deras exklusivitet förvandlar dem till oändlighet.

Ögonblick där ordet blir ande och ledstjärna till själens hamn,

där båten är sången och sinnet styrs av musiken.

En musik som binder vårt hjärta med något speciellt minne,

med någon speciell sol,

med något speciellt ögonblick.

Hej på er och välkomna. Mitt namn är Anna Aliasson och med min vän och kollega Aris Kalifarkidis kommer vi att presentera en annorlunda live sändning med dikter, korta berättelser och mycket nyskriven grekisk musik.

Dagens program är dedikerat till både nya och gamla nyanlända, nya och gamla nyanlända, hi, hi, det var fyndigt.

Men vi sänder inte bara för de som inte har lyssnat på grekiska redaktionens radioprogram tidigare, utan för er som är här med oss och alla lokalradions trogna lyssnare.

Till er som är på väg från jobbet, eller sitter med eftermiddagskaffet vid köksbordet eller i vardagsrumssoffan, sugna på en trevlig och kultiverad stund. Skruva upp volymen så att ni hör bättre, och ha en trevlig timme med oss som bjuder på en annorlunda kavalkad av musik och lyrik från en nära men också avlägsen värld.

För de som inte känner till det, vill jag säga att vårt Göteborg, till storlek Sveriges andra stad, inte har byggts av svenska folket utan av holländare. Att denna vackra plats omgett av vatten, kulturhistoriska byggnader, och det fula hamnvalvet vid industriområden längs Göta älv, har utlänningar byggt åt oss "svenskar".

(Musik)

Jag hade tänkt att prata om förnyelsen som våren är förknippad med, men mitt humör och växlingarna i väderförhållandena passade inte för något sådant.

Dessutom tillplattade morgonhimlens disiga grå hälsning min själ.

Mörk, uttryckslös och neutral, precis som den hängande stela naturbilden på allehanda hotellrum, som ofta föreställer en utbedd naturvision på något fält.

Himlen var klar och molnfri när jag kom ut på gatan. En kall vind blåste norrifrån och solen som sken på de snötäckta tegeltaken reflekterade ljuset till iskristaller, utan något tecken på snabb smältning.

En sådan morgon som få av lokalbefolkningen frivilligt skulle lämna sina hem, om det inte var nödvändigt.

Gatan var isig, med oregelbundna isklumpar här och där, och några modiga män och kvinnor gick tätt insvepta i varma kläder och sänkta ögon på de hala kullerstenarna.

Med försiktiga steg och ett huvud fullt av tankar om allt jobb som väntade mig började jag gå genom Heden.

Gatuhandeln hade inte börjat ännu på grund av den tidiga timmen och den mördande kylan som hade svept in staden i sitt isiga täcke.

Men trots kylan och halkan var biltrafiken längs vägarna redan igång med ökande fart på raksträckorna och försiktiga svängningar vid de snäva kurvorna.

Göteborgare kände till hur den isiga vinden kunde sticka hårt som nålar på den oförsiktige. De som inte hade vant sig ännu, förbannade sitt öde, och funderade över vilka synder som hade lett dem hit.

När jag huttrande gick över Järntorget möttes jag av torgets duvor. Utan att reflektera över hur de kunde härda ut kylan, knöt jag an till dem, och steg vidare ackompanjerad av deras gutturala läte.

Himlen i bakgrunden lyste med ett vitt morgonljus.

Utanför Femmanhuset träffade jag Antonio från Neapel. Han var ljudtekniker på Göteborgs Radio och på grund av våra så kalas "olikheter" med de flesta på redaktionen, drogs vi till varandra. Inte som landsfränder utan mer som kontinentala bröder, ni vet hur sånt fungerar, eller hur?

Det lyste i hans mörka ögon när han såg mig, och utan att fråga om jag ville ha, bjöd han mig på en kopp kaffe innan vi skulle till studion.

- Nåväl, vad nytt, Antonio? frågade jag honom efter första klunken. Hur mår du idag då, lika bra som sist?

- Bra. Vad är detta med bra? Vad är bra? Varför måste vi alltid tillkännage det till varandra?

Varför frågar man ens om hur någon mår när man ändå inte vill höra? Varför frågar man när ingen bryr sig? Om sanningen är att det suger, eller det är botten, varför säger vi inte det?

- Sanningen med "bra" är inte bara att vi säger det när någon frågar, det är att vi säger det till oss själva också, svarade jag djupsinnigt.

- Vi vill så gärna utsläta våra ojämnheter, sa han med halvslutna ögon medan han tänkte.

- Så vad är problemet? Du kan berätta det för mig, sa jag till slut.

- Inget riktigt, förutom att efter varje "bra" som kommer ur min mun, övertygar jag mig om att jag inte behöver ändra på någonting. Vintern vill hålla oss kvar i kylan, jag går omkring som en zombie utan kärlek, liktidig som mitt liv är inte sämre än någon annans, osanningsenlig. Jag gör inte det jag verkligen vill, att inte förändra det jag vill förändra är det också okej, vem bryr sig?

- Jag förstår… inte, sa jag besvärat till honom, men vad vill du förändra då?

- Det är inte det som är poängen, utan att vi använder frasen som smärtstillande. Jag mår inte bra, men om jag säger att jag gör det, så tror jag på det och då är det ännu värre.

- Du menar som en tröst? Det finns andra som är sämre, så jag mår bra. Jag mår bra! Du mår bra! Alla mår bra! Allting är bra! Oj vad bra! sa jag och gjorde mig lustig tills jag noterade hans brist på tröstande positivism.

- Visst! Jag visste att du skulle förstå mig, trots ditt lustiga lynne. Och tack för din cyniska respons. Så, om allt är bra behöver jag inte ändra på något, trots att jag inte mår bra!

Vi satt tysta en stund och sörplade på det kvarvarande fesljumma kaffet som vi glömt under diskussionen. Dessutom hade utomhus-kylan krupit in där vi satt, och vi drog våra rockar tätare runt oss.

- Jävla vinter, slängde han ur sig med tung röst.

- Vårgöra, sa jag fortfarande envis att lätta upp stämningen med lite humor. Dock avbröts min aptit att skämta av att se hans svarta blick. Jag följde hans blick som ofokuserat försvann någonstans bakom mig, söderut.

- Vår, sa han efter en stund. Var har du sett våren? Vår för mig är blommande mandelträd, syrener, nygrönska. Jag minns mamma som gick ut och plockade solens mat, radicioblad som hon kokade till sallad.

Jag teg. Vi satt så där mållösa och insöp våra tankar. Vi kammade hem bilder från en annan verklighets tidsrymd, och våra frusna hjärtan klappade i tomgång vid bordet utan att märka att solen börjat skina.

Så vad ska man säga om våren, med solens relativa sken som enda bevis?

Var hittar man stämningen av eklekticism i naturens säsongsbetonade återfödelse, när sinnena hålls fångna på en annan plats i en annan tid, när alla ord och betydelser låter atopiska och uppdiktade.

Antonio har nästan alltid varit den käcka och roliga invandraren bland oss, så hans mörka sinne hade överraskat mig. Men när jag tänker efter blir nästan alla drabbade av någon sorts klimatbetonad depression så här års, men hm… ändå. Det här luktar ensamhet från långt håll.

De sämsta skildringarna finner man hos människor som inte tål ensamhet. Med vänner, med sina barn, och framför allt med sin kärlekspartner.

Någon frågade en klok gubbe: "Men varför kan jag inte ha en vän också, när jag för övrigt har allt?" Och den vise mannen svarade honom: "Det är för att du vill ha det så mycket."

Vad är det som gör Antonio olycklig då?

Hans längtan? Ensamheten? Man påstår att längtan efter en relation härstammar från en längtan efter samhörighet, eller bara för att inte vara själv helt enkelt.

Visst undrar man hur det kan finnas så många ensamma människor när det finns så många ensamma människor?

Min far säger att människor som inte tolererar sin ensamhet är de som skapar de sämsta relationerna. Antonio skulle kunna känna sig extra privilegierad av att vara ung, utan krav eller förpliktelser, ha lagom umgänge med det andra könet, vara barnfri och ha sina föräldrar på långt håll - en Odysseus utan ett annat Ithaka än det han har inom sig.

Detta är varje människas Odyssé, ett inre äventyr som upplevs mer intensivt om vardagen är komplicerad, mindre intensivt om livet flyter smidigare.

Att lära känna sig själv är en mycket svår sak, en kamp för den långa och svåra inre resa. Det finns olösta problem inom oss, antingen från ett genetiskt minnesarkiv eller erfarenheter i det sociala livet.

Vid det här laget måste jag nämna en annan invandrares bekännelse, en dikt han läste till mig när vi, han och jag var unga.

"Jag har aldrig haft känslan av att tillhöra en plats,
inte ens i mitt älskade land.
Överallt känner jag mig som en utlänning,
samtidigt som jag inte är särskilt främmande någonstans.

Gå inte tillbaka till där du var lycklig.
Det är en melankolisk fälla...
Allt kommer att ha förändrats
och ingenting kommer att vara sig likt, inte ens du.

Försök inte leta efter samma landskap, eller samma människor.
Tiden bedrar och kommer att förstöra det som gjorde dig lycklig.
Gå inte tillbaka till den platsen
där du en gång var lycklig.

Ha det alltid i ditt sinne som det var,
men gå inte tillbaka.
Livet går vidare och nya vägar finns att vandra.
Och andra människor som väntar på dig.

Tack Anna, men vi fortsätter kvällens program som kan tillägna Antonio och alla andra er som är med oss denna ikväll.

Både infödingar och immigranter, vars sinne så här års rymmer nuet förbundet med längtans önskeplats. Ett tillstånd där annorlundaskap hindrar en till att assimileras med gemenskapen eftersom de basala skillnaderna i det nya livet håller en kvar i ett flytande ingenmansland. Det har sagts att vår verkliga födelseplats är den där vi ser oss själva med klara ögon för första gången. Själv vill jag säga att, vårt första hemland är barndomen, och i mindre utsträckning våra vänner.

Hemland sökes

Jag söker hemland.
En plats i detta stora ofantliga universum vi svävar i.
Ett hemland sökes.
En plats att repellera ensamheten i rummets oändligt kalla nätter.
Någonstans där fantasin lyser upp av månskenet,
och kroppen känner igen sig i drömmens mjuka famn.

Hemland sökes.
En plats för retirering där bestyren ger lycka.
Där färgerna väcks till liv från solljusets säd.
Där havsbrisen fyller kroppen med fridfull lycka.
En fristad, för fullbordande,
och utforskning av det högsta.

Någonstans,
där enkla riktigheten leder till kärlekens famn.
Där läpparna smakar sunt av livgivande regndroppar.
Där logiken slutar jämföra och fodra dialektisk tillfredsställelse.
Referenser hittar hem.
Där den röda horisonten förbinder det förflutna med oändligheten.

Främlingar

Vi är alla främlingar.
Motsägelsefulla individer i sökandet efter identiteten,
letar efter samhörighet, hitta egalitet och förkastar olikheten.
Många människor har korsat kontinenter före oss.
Ibland var det ödet, andra gånger egna beslut eller nödtvång.
Det kan dröja århundraden
innan en individ, ett temperament, en värld,
kunna passa ihop i samförstånd och gemenskap.

Tiderna förändras hela tiden.
Ekologisk kris, krig, immigration, artificiell intelligens och pandemier,
hela planeten är i dysfori.
Vilken är vår plats i denna del av världen?
Främling, invandrare, utlänning, flykting.
Vad betyder "normalitet"? Kan man assimileras?
Kan man hålla sig utanför?
Frågor med många svar.

Under tiden färdas födelselandet, vidare, parallellt med oss,
mot samma horisont, till samma mål.
Jag grips av längtan och glömmer att klipporna har förändrats,
att havet har ändrat färg, formerna stämmer inte i minnet.
Jag glömmer. Finns inte!
Dock finns alltid något kvar som blinkar med sitt ljus,
något vars unikum stör tiden, något som omfattar ett helt liv.

Det kan vara vad som helst, en sol, en fågel, ett ljud, en ros.

Ett hav, en dunge, en klippa, en vindfläkt som doftar gräs.

Sommarens himlavalv eller vårens första blomma.

Nyckeln som öppnar min själ till mångfalden av mitt ursprung.

Det är en röst, en röst som kommer från fjärran.

En klangfull lockande ton som färdas med mig genom tiden.

En röst som är så skön, som den första plågsamma längtan.

Ett ekande välljud från fjärran, bortom dagliga jämknings rutiner.

En röst vars ljud skaver ben, bländar tårdränkta ögon,

sliter kroppen i tusen bitar av anblickarnas drömbilder.

Viskande skiftningar av händelser, förbinder mig med en viss tidsperiod, ett specifikt geografiskt område.

Förfäders blod i rusande fart inom mig

håller mig bunden i denna flamma

som lyser från långt håll.

Det är min kärlek.

Vänner

- Kom och sätt dig hos mig,
jag vill berätta om mina vänner.
Kom, var inte generad.
Mina vänner dog med gårdagen.
Bilderna åldrades och känslorna detsamma.
Det skedde inte vid en viss tidpunkt,
det var tiden som fick sitt pris.

Häng med vet jag.
Jag behöver din hjälp för att kunna göra
vår morgondag meningsfull.
Kom med mig.
Kliv över tiden och fånga nuet
som gick förbi oss, då vi stannade
för att blicka bakåt på vännerna
kretsande i en annan tidskonsistens.

Kanske, jag hoppas, någonstans,
var som helst i detta liv,
förstå att vi inte är ensamma.
Med ena foten bortom detta rum,
följer vi tveksamma spår
av personlig osäkerhet,
bekostar logiken oss ett högt pris
för att väva ett nytt medvetande.

Resandet

Med ett farväl lämnade vi vardagen bakom oss.
Ett farväl med varma kramar, pussar
och klandrande avundsjuka.
Vi flög över länder, över skymningens timmar
öarna omringades av havets vågors minimala konturer.

Allt ser så annorlunda ut uppifrån.
Inget är likvärdigt med något annat
även de små partiklarna
småhändelser i våra egna liv.
Efter viss tid blir svårt att skiljas åt.

En personlig flygfärd ifrån nuets relativitet
där resande betyder inget särskilt.
En strävan efter oklanderlig utfärd
som i vår ungdomlighets yra
förvandlas till skicklighetens prestation.

Dessa ögonblick är särskilt sådana,
minnets fortlöpande sammanhang.
binder oss samman med ett sinnes identifikation.
Denna upptäcktsfärd skulle fortsätta till tidens ände
om jag bara visste åt vilket håll jag skulle.

Plenum

Tack, tack, tack...
Veterliga fotsteg ekar i förnimmelsen
Främmande röster avbrutna meningar i stadsbruset
slappa kroppsdelar dinglar i synkron
Vridna ansikte i förvirring, klämda i intimiteten

Paramnesia kringränner synerna nu
Oväntat som ur minnet störtar fram ljudet av hennes röst
Ett kvitter uppfångat i sitt skyndande skymtar om henne.
Runt ansiktet inramat av blonda hårslingor blåa ögon under irisfärgade glasögon

Följaktligen överraskning och förlägenhet
röstens sensuella hesa uppväcker lidelser ur dvala
omfamningar och vågspel, medan den jungfruliga halsen av elfenben
frammanar med sin doft otyglad känsla i munnen

Med avskedande intresse kastar vi snabba ögonkast i varandras liv
Nöjda av beröringen och minnets bevarande
ler generade mot varandra som två främlingar i samfällt möte
på en kort tidssträcka i det kaotiska mikrokosmos

Vägarna gick åt motsatt håll förrann utan adjö
säkrade våra steg inte mötas i framtidens slingrande tunnlar,
Ett möte med obetydliga förluster, och den känslomässiga laddningen
blev sammanträffandens förtjänst.

Väntrummet

Stora affischer runt väggarna
med gångna tidens celebriteter
täcker väntrummets rastlöshet
med utfall till föreställningar.

Blåa, röda, gröna, gula ideal
Landets föreställande normalitet
i en evig kurs för vidmakthållande
färgsätter varandets upphetsning

Omgiven av granna illustrationer
av oanvändbart förkunnande
förlöjligar dom mitt sanna sinne
med sitt atavistiska budskap.

Explikation

Jag önskar att alla sånger som sjungits i världen
talar om min hänförelse och varma känslor.
Jag önskar att din kärlek sommarsol i molnfri himmel
aldrig släpper in vinter i mitt ensliga hjärta.

Jag önskar att ditt sinnesrika liv
en magisk dröm upphöjd till stjärnorna
möts med min ande och leder mig till oss
i kärlekens och vänskapens ocean.

Jag önskar alla böcker med fagra ord du läser
förtydligar mina känslor.
Jag önskar att du älskar mig, tills våra själar
möts i fullkomlighet.

Betraktelse

En grå förnimmelse av misstro
inlindar världen med sin slöja i dess grandiosa färd till förnyelse.
Ett sorgligt profillöst uppsving.
Chimärisk lycka av en fjärmande ära nystar sig på anlagets differenser
och blockerar sinnenas ergo sum med välgångens verkan.

Emellertid
Årstidens färglagda färdens tryck genomtränger det dunkla molntäcket
som faller på marken i små gråvita droppar.
Det dunkla himlavalvet klyvs av ljuset.
Lysande djupa hål genomborrar jordens kropp.
Livets återuppståndelse i dess dunkla inre
blir ett med växternas skott i osynliga explosioner.

Än en gång blev det vår. Balklivets färgstarka start.
Förnyelsens förhoppningsdroppar förvisar den grå nedstämdheten.
Hoppets hav inlägger den gråa horisonten i sig.
Florans purpurfärgade explosioner reflekterar sig lekfullt i ögonen
som omfamnar härligheten.
Synerna fylls nu med energi, kärlek till livet.
Vårens klara ljus, vi bländades som barn, kommer du ihåg?
Liknöjd fortsätter, en klarblå himmel att droppa av sin blå storhet.
Fåglarna gömda i det gröna kvittrar glädjehymner om livet.

Älskade förlåt mig, jag ser, jag hör, jag blir begeistrad.

Jag följer gärna dina intuitioner men förstår på eget sätt, bakvänt
ofta vilse i en sorglig saknad, trots tillkallandet av din kärlek.
Vi samexisterar i fullständighetens tid fast i skilda rum, Mars och Venus.
Lik dagens och nattens himlakroppar på vårhimlen.

Min stad

Folk i min lilla stad
följer sin betungande gång, lunkande åt alla håll
Vissa slutar sitt livs bana, vissa andra börjar den.
Andra fortsätter slåss,
med motstridiga känslor av bitterhet och överlämnande

Egna tankar och handlingar specificeras
av villkoren till påtvingad normalitet
I tron av framsteg reder vi oss framåt
Små kliv över nödvändighet till införlivande

Det regnar fientlighet i kvällens vandring
skärrad identitet längs mörka fasader med förtvivlad blick,
vid "neons" luriga inbjudande
letar efter trygghetsreferenser, förvirrad bland skuggorna

Övergivande toner hörs på trottoaren.
Hårdtrampande fotsteg, försöker övervinna skräcken.
Ett vankande identitetsflyende borttonas i sitt främlingskap
av mörkrets illasinnade stämning

Uppjagad av att mörkret viker av.
Skärrad av övergivenheten spanar efter tröstade förebud.
Fyrbåken till hemmets tröstfamn hejdas våldsamt av räddhågade.
Statsborgare, ett liv avlöper rotlöst.

Inspiration

Anteckningar av marginellt innehåll
ligger utspridda överallt bland ihåliga glas.
Oavslutade meningar,
spolade tankar i förbistringen och skrynkliga överdrag.
Smulor av väntetid och misströstan.
Trångsynthet

Insikten skapar svindel, rädsla och ofrihet.
Rusning bland neuroner, ett ständigt sökandets färd.
Åter rymma Rummet, rida tiden i någon form av existentiell frihet.
För idéernas varande bortom tiden.
Abysen mellan tinget och skaparkraften.
Beståndsdelar vs obeståndsdelar. Oändlighet!

Ute regnar det fortfarande. Ljudet tränger sig in i rummet.
Ett ark till flyger i luften.
Regnet blötlägger satserna och första meningen tar form.
Världens samstämmighet förflyttar sig i tiden nu
och förlägger sig i små droppar av ord.

Jibran

Jag ska berätta om min vän.
Honom, du har säkert träffat i barnböckerna,
som går förbi dig, och du ler vid hans syn.
Enkel, sann och ärlig. En sån som lätt kan underhålla barn.
Min vän med uttryck, syskonsjäl.

Han flydde fosterlandet
vapenvägran var hans brott
Att döda och dödas för hemlandet
En hemlös och tidlös identitet var han länge
med talets stramhet och aforistiska uttryck.

Stadgandet hos oss var inte smärtfritt
och skadorna lappade vi ihop
Men stadgandet blev smärtsamt kort
innan det hemska telefonsamtalet kom
Mor var döende och ropade hans namn

Återkomsten blev hans dödsdom
Han greps och kläddes i krigsmundering
Ofredens malkvarn krävde nya offer och nådde stora brister.
Han värvades utan bryderi
han dömdes kandidera till kanonmat, ofrivillig volontär i dödandet.

Dödens änglar fordrade blodsoffer

Men han avslog begäret med olydnad
Slängde rustningen och stängde av sig.
En dag kom den smärtande nyheten,
Jibran ställde sina upplysare mot väggen och krigsredskapen spydde död.

Han hade nekats bli närvarande på sin dödade mors begravning.
Jibran gick till sin mors jordfästning men kom aldrig därifrån.
Begravd blev han bredvid henne.
Landsförräderi och krigsbrott var anklagelserna
och sköts med flera kulor av sina egna.

Ett avskedsbrev var allt från honom.
"De kastar gift i förstånden, de glömmer att en mänsklig själ är ett stort
universum, de vet inte att liv inte kan ägas.
Jag är förtvivlad för denna disciplin som stöter bort mänsklig lycka,
avstår ett levande liv.

Jag saknar dig min vän. Jag trånar efter tiden vi sågs.
Mina flyktförsök stoppas hårdhänt
Herrar lyckades disciplinera universums lagar
och sätta knipslugt språk i landets lagar,
en bräcklig sanning för krigsmoral.

Jag inledde den långa resan i mörkret med arrangerat galenskapsintyg
som säkerställer min isolering.
Ensam i sanning skickar jag dessa tankar till dig,
symbol för min hängivna kärlek.
Jag sa en gå"ng, minns du det?
Vägen till rätta beslut är krånglig, uppmanar en att kapitulera

men inte slänga bort sina vingar.
Jag blev immun mot skändande för
att mina tankar är förtröstans tankar
medan mina ord är galenskapsord.

Jag letade i himlen efter ett svar,
det slutgiltiga svaret
tills jag rörde sanningen där uppe,
"Slutet var början."
Inget var detsamma längre.

Hans tomma blick var ett iskallt hav,
han inte kunde simma i längre.
Jag minns att trösten var obetydlig.
Erinrande av våra glada stunder
som spökar fortfarande med sin smärta.

Ett motigt liv med absurt slut.
Jag ska minnas dig, jag lovar dig,
på nätterna kommer vi att ses igen,
då min själ stiger till stjärnorna.
då slutet smyger sig igen.

Sund

Vi projicerar våra förväntningar
på våra handlingar.
Ett evigt strävande efter att leva dem.
Hela vårt innersta Jag kämpar
Förena sig med livet här inne.
Bli ett med det.
Dagarna blir bleka.
Rädsla att vara själv
kalla rysningar som plågar ryggraden
jag ängslas av min egen skugga
som går före, visar vägen.
Varför slår vi inte vakt om våra liv,
river ner pliktramen
och släpper in det vi har drömt?

Sökandet efter liv

Världen före något
                    Livet uppstår
                              en manipulation
                    Inre liv, yttre liv
Livet bortom oss

Hon gick och gick
Försvann bort i horisonten
som förenades med ändligheten
Långt borta försvann hon
Ett liv gick vilse

Tveksamt uppträdde solen
bakom bergens toppar
mannen som älskade mörkret
bortom skenet
vände sig hädan och försvann

Insikt

Du var tillitsfull… du var ensam, det var det du ville
Du var tvungen att tänka
Att tänka sa du inte längre på din dröm
eller på anförande vägledning om ett normalt liv.
Inte tänka på saknade vänskaper
eller skaldernas drömtillstånd heller
Tänka på dig själv om det lilla av värde du besitter
enhällig med din kropp, för din förlängning.
En fulländningens anrop.
Du var ensam och betrodd
du är själv och obeträdd

Hugsvalelsen när någon gång du önskar
att blicka tillbaka då allt har blivit hågkomst
då allt har täckts av rost då du saknar behållning
och allt blev någon gång.
Då du sitter ensam
och ser solen falla ner mitt i havet bakom berget
och förväntar inget mer.
En ensam kärlekens gud,
varför är vi ensamma
när så många ensamma finns?

Musik

Medan stjärnorna försvinner,
och solen tar deras plats i universum,
fimpar jag sista cigaretten,
sömnen råder över kroppen.

Medan kroppen faller i sömn,
byter solen plats med stjärnorna i kosmos.
Titta! En stjärna exploderar
och mitt hjärta skälver.

Medan jag förlorar mig i glömskan,
tar din älskade röst mig
till ljusets färgtonande land
i sinnesintryckens banor.

Din älskades röst,
tillblivelsens glada ton
smeker synen med bedårande klang.
Utbreder sig i sinnesintryckens banor.

Fem

Vi var en gång fem vänner, erövrare av rummet
Med ett leende på våra läppar besegrade vi världen
Uppnosiga mot sörjans skuggor
Våra penseldrag blev spår på måsarnas vingar
våra händer utformade hjärtans glädje
redo att fånga all världens skönhet
Våra läppar präglade på andra läppar
kärlekens långa utläggningar

En gång var vi fem
Jag minns de långa nätterna vårt ungdomsuppror lyste upp
på det ljusa himlavalvets mörker
Sorglösa tider strosande i obygdens vackra stillhet
Jag minns ja
det måste ha varit vi som rest våra fanor mot solen
hoppens rop för vår gamla värld

En gång fanns fem av oss, föråldrade och var för sig
försvunna på vägen till glömskan
Som ansiktena av en sorglig barnsaga
släcktes vår gyllene låga av tidens gång
en gång i tiden var vi fem bröder
en gång i tiden var vi fyra själar
en gång i tiden var vi tre slagord
en gång i tiden var vi två tårar
en gång i tiden var jag ensam

Landstrykarens mö

Hon var gammal nog att kunna stå under solen,
blicka utan rädsla, utan vetskap
i sökande efter sin egen stjärna.
Se och synas i livets estrad.
Tills en ungkomet dök upp bland stjärnorna
med sin explosivt lysande mån
och stora svarta ögon pratade om älskog.

Flickan gick vilse i detta svärta.
barfota gick hon genom porten
till det som låg bortom natten.
åtråvärd kysst av solen själv.

En landstrykare stjäl ett ungt hjärta
En båt drevs ut i havet.
utflugen för alltid på månens sky
och stjärnornas glänsande kallelse.
Förströelsens moln dämpar synen
med glömskans täta dimma
Du som tittar på blommornas själar
skona deras hårdtrampade väg.

En landstrykare stal min ande
löste ut mig från min tid
En landstrykare förde mig
till kärleken i livets börd.

JULafton

Det är fullmåne.
Vita moln jagar varandra i vindens lek.
Biljoner och trillioner stjärnor broderar himlen med sitt ljus.
Brinnande själar i kosmos.
Det är julafton.
Gräset är torrt och älvorna har sjunkit till sömns.
Någonstans under den frusna marken,
målar kylans vita ande ängen i vinterfärger:
grått, vitt, gråblått som natten.
Någonstans där borta i det stora vattnet,
visar ett snurrande ljus vägen till hamnen,
trygghetens välkomnande hälsning.
Julen är här.
Skogen ryser i nattens kyla
och trädtopparnas tinande tårar rinner ner på den iskalla marken.
Ett hav av glittrande ljud som ekar ända upp till månen.
Det är julafton och fullmåne.
Långt härifrån gick solen i stenbockens hus.
Människorna sover mätta, trygga i sina varma hus.
Lammen slumrar och barnen ler i sin sömn,
i vilken dröm som helst.

Jul!

Jorden snurrar runt
Kontinenterna följer rotationen
Vår stad ligger i vinterskrud precis som i alla städer
spinner tiden vidare obehindrad av våra avsikter
Aktualiteter och ordskiften förlängda i en evig rörelse
fyller vår enkla sinnevärld

Vi flackar omkring
jämnlöpande med klockslaget
chargerande shopaholiker
vilsna i vår bekvämlighet
Julen kommer och vi bör vara snälla mot varandra
medan halva mänskligheten lider
av krig och svält sjukdom och inbilskhet
Individer i en systematiserad kollektivism
av lyx och hysterisk intellektualism
tillönskar vi världen
 en sköön och braaa fortsättning

Kära vän
omfamna henne, Livet
och låt glädje och kärlek
vakna upp ur sin sömn
i det juliga lysande mörkret
Amen!

Påstående

Om drömmen tar en minut
för mig är evigt
om du är rädd att drömma
det fyller mig med fröjd
om ditt liv är en kamp för överlevnad
är det en dröm för mig
om du är rädd att gå vilse
sök sanningen i drömmen
om du inte vågar vara dig själv
våga mötta dig i drömmen
om du letar sanningar
hos dina lika
sök dem i drömmen
om du är rädd för obefintlighet
skapa en dröm
om din kärlek finns inne
i dina barndomsdrömmar
bli barn igen.

Ensamhet
vi interagerar så vi finns

Ensamhet
Det är en mardröm i sig
Jag läste någonstans att ensamma människor aldrig är riktig ensamma
De hålls sällskap av sina tankar.
Nonsens. Hur hamnar man i ett sådant läge?
Från barndomens klarblå horisont till den ständiga återvändsgränden.
Vart har våra utopier tagit vägen?
Hastigt suddas visionerna bort, för att skynda oss vidare hela tiden.
Hänsynslöst jagar verkligheten bort dem.
Sopas de bort likt vind jagar bort livets ark.
Vi forcerar oss att fånga stunden,
bli fångade av andras uppmärksamhet.

Denna ständiga oro väcker nostalgi till barndomens varande,
då drömmen inte var ett bankkonto utan världen som skulle bli bättre,
kärlekens svindel, vänskap och resor.
Berusning av det ständiga opponerandet mot det rationalistiska tänkandet.
Vaktande för våra liv och relationer blev dagdrömmar
för en ny bil eller eget hus.
Inte kunna trolla bort ångesten från våra vänner eller
återberätta sagorna som vi fortfarande tror på.
Upprepa gamla mormors ord i oss:
"Var rädd om dina vänner, du ska vårda dina relationer".

Påminna att lille Prinsen reste inte i onödan ifrån sin planet, därför att räven
lärde honom om det enastående i den man bryr sig om.
Kärlek! En hand som varmt glider i en annan hand
och rösten som tröstar efter en mardröm.

Men om vi är ensamma, hur kan ni vara så många?
Och om det finns så många, hur kan vi vara ensamma?
Räknar man fel eller är vi en falsk enhet?
Frånkoppling av varandra avslöjar luckor i den verkliga världen,
 medan vi hittar samhörighet i virtuella världar
och detta är oroande.
Vi är inte precis ensamma. Vi har bekanta och vänner, ett socialt liv,
Vi umgås i sociala mediernas falska gemenskap,
medan tiden flyter och lämnar oss ensamma.
De som straffas i verkliga världen, söker belöning i etern. Vi bara tittar
på andras liv. Och lever genom andras liv.
Godheten är implicit, medan förlöjligande används till vår hävdande.

Dagarna blir så småningom bleka.
Rädsla att vara själv skapar kalla rysningar kyler ner ryggraden och
skapar oro även av ens egen skugga.
Denna ensamhet är den kalla blicken vid möten med anhang
då överläggningar förvandlar en till måltavla
Ensamhet är att slösa bort ett liv, medan våra ramar hela tiden krymper.
Varför står vi inte i givakt för våra liv och river ner ramarna
för att låta drömmarna bli liv och leva i dem?

En novembermorgon

Jag vaknade med en dålig känsla i morse.
Från sängen såg jag himmelens gråa täckens reflektion
i spegeln på väggens mitt.
Jag gick upp och satte mig vid köksfönstrets bleck.
En hängig och mulen morgon välkomnade mina sinnen.
Mitt intellekts dagliga aktivitet
höll sig fortfarande blockerad av sömnen.
Jag lyfter blicken med förundrande.
Vart tog ljuset vägen?
En Duva flyger kuttrade intill mig
och sätter sig på fönsterblecket.
Jag fångar fågelns uttryckslösa blick.
Undrandet svävar i luften nu mellan Duvan och mig.
Fågeln vänder kuttrade
sina små runda ögon mot mig
och pekar ner med näbben.

Stackars lilla duva!
Kan du begripa i din lilla hjärna
att ovanför oss, uppkom denna gråa tyngd,
denna fuktiga och mögliga luft,
ovanför mitt upplysta fönster
lyser solen varmt?
Att någon annanstans badar livet
i solens lekfulla och varma strålar?

Duvan kuttrar och vänder mig baken
Som om hon tänkte om
vände huvudet och såg på mig med uttryckslös blick.
Stackars dig! sade hennes klottriga ögon.
Fastbunden där bakom väggar fånge av ljusets relativitet
Du och dina verklighetsflykter,
oförmögen att ta till vara stundens sköna stillhet.
Livet accelererar med tiden
själslivet och kroppen behöver stillsamhet
för återhämtning. från dagsverkets intensitet

En stund
en grå novembermorgon står vi där, jag och fågeln.
Vi studerar varandra under en lugn tystnad.
Duvans fasta blick går rakt igenom mig
försvinner in i rummet.
Jag tittar förbi fågeln på den nertryckta horisonten
Ett suckande blir mitt svar innan jag vände mig tillbaka
till sängens tröstande värme.
Eftersom jag inte kunde ändra dagens gråa verklighet
var det bara att acceptera den.
Men ingen kan hindra mig
ifrån att drömma mig bort
till motsats för det fjäderfä
som bara förmått att stå ut
i en realitet utan drömmar.
Stackars oss vi har inget gemensamt.
Du är fri att flyga bort
och jag kan bara drömma mig bort.

Vem är jag

Speglarna visar inte längre mitt ansikte.

Det var en gång jag hade vänner, i dem kände jag igen mig själv.

Ett ständigt krockande mellan fotoner och stjärnor
där glädje och skratt var mera äkta än lidande
och nu, se.

Jag syns inte, ingen syns.

Biljoner av svarta hål.

Jordens tillstånd blir sämre,
kaoset förblir obrukbart och människorna sprängs,
snart proppmätta av energi som de inte får ut.

Bilder av uppoffrande och euforisk fiktiv självgodhet
drar oss med i en deterministisk illusion.

Samtidigt som nya föreställningar och uppfattningar
kvävs av de moderna verkligheternas mångfald.

Det hände oss för några dagar sedan

vid modelleringsövningarna av vårt liv

"Vem är jag?" ropade jag tillsammans med fyrtio andra
annorlunda, kamrater.

Det var en gång,
då fyrtio människor frågade samtidigt:
"Vem är jag?"
och var och en av oss fick trettionio olika, fast egentligen lika svar:
"Jag är du!"

Kosmos och sagan om dansen

I en liten stad, bodde en glad och trevlig flicka som hette Annabel.
Hon tyckte om att gå i lära.
Sång, musik, sagor och att måla med färger tyckte hon också väldigt mycket om.
Fast det var inte alltid roligt och lätt förstås.
Det allra svåraste var när hon skulle välja,
välja bland saker hon tyckte allra mest om.
Som till exempel den dag hon skulle välja en dansgrupp
hon skulle börja dansa i.
För det var ingen hemlighet att sedan födelsen älskade hon att dansa.
Ofta såg man henne gå omkring valsande efter egna verser eller nynnande.
Spännande och kul var det på det första stället,
med alla barn som flöt runt omkring
till toner av glada versen, därför bestämde sig Annabel snabbt
att hon bäst platsade här.
På det andra stället blev hon eld och lågor.
Nej! Det var Här hon ville börja dansa,
 klädd i sådan färggrann kjol i rytmen av häftig ungdomsmusik.
På det tredje stället. Nä men, nyp mig!
Nää absolut inte här! Det här är ingenting för mig, utbrast hon.
Det här är inte dans utan... gymnastik,
bara snurra omkring, utklädd till en grönsak!
Hon var färdigt att springa därifrån,
då hon plötsligt fick syn på klasskamraten Molly.
  som höll på att klä sig till en morot.

Gissa vad hon tänkte då när hon hejade på sin vän. Men mamma sa att hon inte behövde bestämma sig på en gång utan att hon kunde fundera några dagar.

Första dagen gick.
Andra dagen frågade mamma "hur går det med funderandet".
"Kan jag inte gå på alla tre? Det finns ju flera dagar i veckan."
Undrade bedjande vår lilla Annabel.
Natten till tredje dagen var hon så trött och nervös så hon gick tidigt till sängs.
Hon låg länge vaken och försökte få det utstakat.
Annabel visste inte om hon sov eller var vaken för sådant är inte viktigt för barn.
Plötsligt hörde hon en svag röst som glatt hälsade på henne.
På sängens kant satt en liten flicka med knäna under hakan.
Precis som i drömmarna, där saker bara händer,
visste Annabel att hon och flickan hörde ihop på något sätt.
Som tvillingar gör, och att hon säkert fanns på riktigt.
Hon kunde minnas att varje gång de skulle skiljas satte de pekfingret i varandras panna mellan ögonen, och sa: "glöm mig inte".

Flickan hette Isabel
Hon kunde en massa roliga historier om nästan allt Annabel tyckte om, eller göra dikter av saker som Annabel råkade oroa sig för.
Annabel visade för henne sitt senaste bekymmer.
Isabel började snabbt berätta om hur människorna lärde sig dansen efter de eviga rörelserna och jämna växlingarna.
Om de Blåa stjärnorna som heter Plejader och hur allt i livet dansar i olika stora och små rytmer.
Att hela Universum rör sig i en virvelaktig dans runt, runt i all tid i väldiga kosmos.

Musiken som himlakropparna rör sig till kommer ifrån Apollons lyra,
påstod Isabel.
Han spände några strängar på himlavalvet
och skapade instrumenten som kallas så.
Denna lyra fick hans bror den sköna Orfeus.
Det är efter hans spelande som hela universum gungar.
Vår sol med sina nio planeter är en av alla som finns
i ett stort sällskap av stjärnor som kallas galaxer.
Vår galax syns tydligast på vintern därför kallar vi den Vintergatan och den
ser ut som en mjölkvit flod på natten.

Många gamla människor säger att stjärnorna är människosjälar och varje
människa är sin egen stjärna! Den tänds när man föds och faller när hon dör.
Själva vår sol är en lika ung stjärna som du och jag.
Vår sol, planeterna och månen har var för sig sin egen stämning,
klang och gest, som präglar sig i våra kroppar.
Bland dessa stora himlakroppar finns andra som är mindre.
Stora stenblock som cirkulera runt bland stjärnor och planeter,
de heter kometer, som betyder "himlakroppar med hästsvans".

Det gick runt i Annabels huvud efter alla namn och platser i denna oändliga
vad-de-nu-heter... världar och gudanamn.
I början av berättelsen kunde hon nästan se alla dessa fascinerade krafter
med de svåra, men exotiska namnen.
De snurrade omkring, dansande på bergliknande moln med toppar och dal,
bland brinnande solar och regn av sten.
Men då ville veta hon, vad allt detta som Isabel hittade på,
hade med hennes kärlek till dans att göra.

"Kan du inte berätta om Plejaderna istället?" bad hon till slut.

"Jag kan berätta något om de blå stjärnorna, som inte många vet om.

När flickornas pappa dömdes att för evigt bära himmelen på sina axlar,

skickades Plejaderna, till gudarnas äppelträdgård

för att vakta deras gyllene äpple.

Där levde de lugnt och enkelt tills en stor jägare som hette Orion

genast blev flickorna förälskad när han fick syn på dem.

Det skulle inte var något konstigt med det om inte

att han blev kär i alla systrarna ihop.

Dag efter dag i sju års tid jagade Orion flickorna med envishet

för att gifta sig med dem.

Flickorna bad gudarnas konung om hjälp.

tills Zeus förvandlade dem till duvor.

Men den förälskade Orion lät sig inte avskräckas av det.

Han fortsatte med sitt jagade.

Efter mycket springande och flaxade förvandlades de av gudarnas konung

till sju blå vackra stjärnor i himlen där de ännu lyser med sin skönhet.

Tror du att Orion hade gett upp då? Nää inte han.

Den stora och stolta jägaren, istället för att gå vidare och jaga något vilt,

hoppade han också upp i himmelen

och där lyser han fortfarande starkt med sin pilbåge.

Med tiden växte han till en mäktig nebulosa, en vresig och frustrerad sådan

som fortfarande uppvaktar systrarna.

Minsta systern som kallades Merope hade samma passion som du. Dansen!

Dagarna i ända gick hon nynnande och svängde omkring på jorden.

År efter år satt hon vid sitt fönster och tittade på himlakropparnas

piruettlika rörelse i kosmos.

Förgäves ropade hennes äldre systrar på henne att komma ut och leka.
Hon bara satt där och suckade.
Du ska inte tro att hon var ledsen det var bara så att hon var fängslad,
av denna eviga rytmiska rörelse som styrde allt i kosmos.
Ack vad hon önskade att få vara med alla dansvirtuoser där ute
som snurrade omkring.
Men tyvärr kunde hon inte komma loss.
Himlakropparna är beroende av varandra.
De snurrar och kretsar runt i en evig rytmisk bana
där de mindre håller sig till de stora.
Månar dansar runt planeterna, planeterna runt solar,
solar runt i galaxer, och de runt andra galaxer.
Vissa rör sig snabbare och vissa andra långsammare.
Alla snurrar runt på sitt eget sätt ingen liknar den andra.
Kraften som håller dem nära varandra är samma
som också håller oss fast på jorden.

Tiden gick i en evig väntan.
Till slut hände något.
Den större jägaren Orion som de sista århundradena hade hållit sig lugn
började plötsligt skaka av sig stora moln av eld, damm, stenar och rök.
Lilla syster fängslades av hans raseri
och trodde vid ett tillfälle att han höll på att uppfinna en ny dans.
Fastklistrad vid sitt fönster satt hon där och beundrade
hans uppfinningsrikedom av piruetter och vresiga fotsteg.
Det kröp i hennes kropp och hon kände hur hela område hade stannat
och beundrade denna magnifika uppvisning.
Hon önskande som inget annat att kunna hänga med
och få dansa som hon aldrig hade gjort förut.

Plötslig dök det upp ifrån Orions håll, en liten svängande himlakropp med en
långt lysande svans som var i kurs mot Plejadernas håll.
Det såg ut som en mus!
Fast en stor sådan, tänkte Merope förvånat.
Systrarna skrek av fasa och tog hårt i varandra, men Merope tyckte att musen
såg snäll ut därför släppte hon sina systrar för att klappa den
och då, då hände något mycket oväntat.
Av mus-kometens fart drog hon sig ifrån de övriga systrarnas omfamning
och med en piruett stod hon plötsligt där ensam och rädd.
Häpen efter detta överraskande varv och så fort hon vande sig
tackade hon musen för hans hjälp med ytterligare en glad piruett.
Som du har märkt var hon en väluppfostrad flicka.
Musen bugade tillbaka och glada svängde båda två några varv runt varandra
och sedan snurra vidare, runt hela tjocka släkten som häpna tittade på.
"Vi ses!" ropade hon glad till sina systrar,
i färd till en annan del av universum.
Musen följde med en bit på vägen
men eftersom han skulle åt ett annat håll tog de farväl,
med ett extra varv runt varandra
och bestämde att åter träffas om så där, tusen år!

Den lilla stjärnan fortsatt sin snurrande dans vidare
och på detta sätt besökte hon många solsystem i området.
Med tiden blev hennes snurrande elegantare, graciösare och mera regelbundet
precis som de andra stjärnorna hon beundrade.
Då och då kom hon och hälsade på sina systrar,
för att sen fortsätta i sin kosmiska kretsbana,
ibland bland unga sprattlande stjärnor
och ibland runt vresiga nebulosor.

Än idag kan man se henne,
blinka glad med sitt svaga blå ljus till sin vän, musen.

Annabel reste sig från sin kudde och sömnigt gnuggade hon ögonen.
Det låter roligt att ha en mus som hjälper till,
tänkte hon glatt mellan två gäspningar.
"Men vad hände med den stora jägaren som var så kär i dem?"
frågade hon med sömnig röst.
"Han? Han försöker ännu idag att imponera på flickorna
med sina färggranna kläder och sina häftiga utbrott.
Vet du vad jag tror? Det skulle kanske ha varit enklare för honom
om han kunde välja en av systrarna istället för allihopa!"
"Mmm..." klarade Annabel att säga
medan hennes huvud kraftlöst föll ner på kudden.
"Vi ses" hörde hon en svagt pipande röst inne i sitt huvud.
Hon ryckte till för att det lät…som en mus!
Det måste ha varit Isabel som sa det, tänkte hon trött,
fast…. det lät precis som en mus.

Så fort hon vaknade berättade hon för sin mamma om Plejadflickorna.
Sedan dansade hon upplevelsen hon fick av Isabels berättelse.
"Dansen efter himlakropparnas eviga snurrande,
 efter livets rörelseformer som skapar eufori "
skulle Isabels pappa kalla det, med sina konstiga grekiska ord.
Förresten vad betyder eufori, mamma?
Eftersom mamma inte kände till orden, tog hon fram synonymboken och där
läste de tillsammans att eufori betyder lyckorus och stämningsläge.
"I såna fall skulle vi kalla din dans för Eurytmi
och jag tror verkligen det är vad det är, sa mamma skrattande!

Del Två

Är vi döda? och vi drömmer att vi lever?
Eller lever vi och livet har dött?
Palladas

Höstvandring

Det är början av en till nattvandring i vår värld. Den komplexa enhet som hela tiden utsätts för innovativa omställningar, fastbunden i ett evigt kretslopp av upprepande förändringar, och benägen till förstörelse. En snabb följd av varelser som föds, följer varandra, lär sig överleva, stöter sig själva och snabbt försvinner.

Begravd i mörkret sover staden.
Träd i sin kalla nakenhet ökar ödsligheten och folkets nedtryckta inregleringar, inkarnerar sig i deras mardrömmar medan väktarnas patruller lyser med sin frånvaro.
En stad i bubbla uppblåst i sin konservatism är staden.
En stad av hämmad pubertet, en stad av både oreda och ordning, en stad som mest liknar bortgångnas rike.
Mörkrets droppar som föll från den skuldfria himmelen, skulle på en natt kunna utplåna alla stadens sovande invånare och efterlämna ett berg av lik i mänsklig skrud. Bedrövligt!
Höst betyder regn och regn betyder liv. Fast mycket liv blir det inte i dessa trakter.

Den här veckan och efter skymningen, kan den som kan se, se den norra stjärnbilden Cepheus på himlavalvet stå högre än polstjärnan.

Cypheus i mytologin var kungen av Etiopien. Hans fru Cassiopeja är belägen bredvid honom orörlig. Cassiopeja var hon som förde med sig elände till sin familj, när hon sa att hennes dotter Andromeda var vackrare än nereiderna. Hon ligger också där med sin älskare Perséus, han som besegrade Medusa för att rädda Andromeda.

Så mycket passion, så mycket straff, och tragik ligger över våra huvuden.

Det höstliga kvällsmörkret har omslutit den vackra parken med fukt och fascinerande skuggor.

Två gestalter döljer sin närvaro i den, och skyndar sig lätt över de kala trädens blöta och mögliga höstlöv, medan den kusliga tystnaden här och där avbryts av de tunga fuktdroppar som sipprar ner på de vridna trädstumpar.

De rör sig skyndsamt med försiktiga små steg, hoppar över de nerfallna grenarna, och lövhögarna där insamlingar av vatten finns. En bit därifrån syns ett par vildänder som sover djupt. Jag flyter vidare.

En gråmörk luftmassa hänger över deras huvuden och döljer den av stjärnor broderade himlen.

De två figurerna har stannat nu vid en blöt och halvrutten trädstam. Deras kroppar omslingrar varandra.

En erotisk omfamning med halvfrusna rörelser och några plaskande kyssar med nervöst tungspel bryter stillheten i den tysta parken.

Plötsligt verkar himlen besvära sig av denna driftstyrda energi och passionerade lek. Ett mullrade stön får landskapet att darra, och ett häftigt skyfall av blydroppar störtar ner med dova smällar. Små hål skymtas nu här och där av de kalla regndropparnas tyngd. Överallt. På träden, på buskarna, i det täta skiktet av ruttna löv, och de små vattenpölarna som bildas överallt på marken.

Hål man kan se igenom dem!

Figurerna lyfte sina rädda ögon från allt detta orosbringande pandemonium, medan de hastigt tog språngsats till en säkrare plats.

Men de hinner inte komma iväg.

Efter ett par steg i det tunga regnet landar en enorm droppe på en av figurernas unga huvud. Regndroppens tyngdtryck orsakar ett stort hål i hennes skalle så att regnet rinner igenom och ner på markens blöta löv.

- Min skapare! Utbrast flickhuvudet förskräckt, då vågen av fukten passerade genom kroppens nyöppnade hål.

- Jag brinner, skrek den andra figuren gråtande. Jag känner mig genomborrad överallt, mina ben är frusna och luftströmmar blåser genom min kropp. Gör något.

Uppjagade och i chocktillstånd flyr de i natten och ödsligheten återerövrar rummet, medan de dödsbringande dropparna fortsätter sitt ödeläggande fall på marken, på hus och i människokroppar.

Jag följde dem en bit på vägen men sen lät jag dem försvinna.

Being

Första gången jag fick denna märkliga upplevelsen var det när jag som ung flicka satt jag med mor, fa och syster på flyget på väg till pappas hemland. Grekland!

Halv bedövat av flygmotorernas brus hade jag slumrat till i sättet, eller vad jag tror att så det gick till, när jag rykte till av rösten!

Det var en extra ordinär upplevelse minns jag. Den hade gjort en stör intryck i mitt ungdomliga medvetande, något som blev också orsaken till en stegvis förändring i mitt flickaktiga beteende. Med andra ord ett nytt sätt att börja betrakta världen och dess verkningar.

Rösten som egentligen var ingen röst utan lik ett regn av snöflingor som var och en av dem hade sin egen anblick och sin egen klang.

"Aj, Aj, Aj människobarnen. Fångat mitt essens och väckt upp mig ur mitt limbo-tillstånd, Aj, aj, aj, ... stäng mig inte nu.... aj, aj, aj, nu sitter jag fast, vet jag vart du ska hittas och hokuspokus kommer jag att vara där. Jag kan det. Snabbare än blixten förflyta mig varsomhelst i både tid och rum!"

Rösten, eller flingorna eller vad det nu var, fortsatt att blanda sig i mitt vakna tänkande med sitt klingade, men det var inte mycket jag begrep eller var så pass långvarig för att kunna förstå något av vad det hela handlade om.

Det dröjde längre innan det skulle hända igen.

Det var mitt på dagen, när jag cyklade hemåt då det slog till. Jag värjde mig förbi bilen som kom emot mig, och svängde hastigt mot trottoaren där jag nästan ramlade omkull då jag stannade andfådd.

Mitt huvud! Min hjärna blev torpederad av någon blixtaktig kraft som nästan fick mig att ramla omkull från cykel, var min sista tanke.
- Hjälp, ropade jag skräckslagen.
Vettskrämd svepte mina äggstora ögon över platsen, för att hitta föremålet eller kraftkällan jag hade blivit träffad av. Jag hade förväntat mig att någon boll hade träffat mig på huvudet, eller blixten hade slagit ner i närheten. Men allt såg lugnt ut och det var knappt några människor eller lekande barn i närheten.
Då slog det mig att jag inte kunde tänka! Att min hjärna var tom!
- Vad menas att inte kunna tänka? Alla kan tänka, och ibland kan kännas till och med jobbigt med att aldrig kunna sätta stop på tankarna, sa jag högt.
- *Visst är det så?*
Lätt smög ett främmande frekvens in i min hjärna.
- *Eftersom du inte kan tänka prata istället.*
Jag släppte cykel och såg mig omkring, sen satt jag mig på trottoaren med huvudet i mina händer, helt desorienterad.
- Vad är det som händer mig? Ropade jag högt.
Ett äldre par som kom gåendes mot henne hoppade uppskrämda upp i luften av hennes ängsliga röst. Mannen ville höra på vad som hade hänt, men tanten skakade på huvudet och drog honom därifrån.

- Själv sitter jag bredvid dig, och låter mina tankar lugna ner din förvirrade hjärna, samtidigt som jag berättar om min ringa natur och världsordning i det som kalas livet.

- Denna vackra, blågröna planeten har andliga ledare, filosofer och konstnärer under tidernas mångfald beskrivit med bravur. Ett levande väsen av högsta rang som styr och fascinerar i alla dess lägen.
Vad är levande? var deras första tanke. Är det något självstyrt, allt som kan röra sig, eller något som går att konstruera? Vad ligger bakom när en grön planta blir till en färggrann blomma?
Idag relateras jorden till människan men det fanns en tid då det var människan som relaterades till jordens andliga väsen.
Jorden du går på min vän, arbeta, sporta, och älska är en organism som inte är avgränsad av dig och i denna organism finns organ. Inte bara fysiska som du och andra kreatur utan sublima inrättningar, utan energier som understödjer eller ödelägger livet.
Något i dig har kanske en förkänsla om det jag pratar om, som aldrig något instrument kommer att kunna kartlägga. Allt i jordiskt liv är inte bara en värld man uppfattar med synen, utan består också av osynliga konfigurationer som bildar ett system av samverkan. Vad? Vill du säga något? Speak upp det då.
- Varför jag? Vad vill du av mig?
- Elsa, Elsa. Min inblandning i dina synapser strävar efter att hjälpa dig i din evolutionsutveckling, så att du inspireras, och kan hjälpa livet med dina gärningar. Trots att jag inte hoppar för mycket eftersom du och dina lika är fullt upptagna med olika tidsprocesser är jag hos dig ändå. Ni får ofta liknande extraordinära sinnesintryck, men de är inte lika viktiga som maten ni stoppar i er, eller munderingar ni ska vistas med.

- Hur vet du att mitt namn är Elsa.

- Vet allt, nu är jag en del av dig, ok, ok, det är inte riktigt på det viset men på ungefär… Jag valde inte dig om du vill veta, utan det är du som lockade mig med dina funderingar. Det är jag som borde gnälla och inte du ska du veta. Er moderna värld ger möjligheten att leva i en global gemensamhet. Samtidigt är det en ensam värld ni lever i.

Ni går ensamma omkring med en hög av vanor och binder er med era medmänniskor i en mängd mångnyanserade relationer. Trots att alla erfarenheter är ytterst personliga slutar ni alltid med en ensam färd ifrån det jordiskt fysiska.

Alla levande organismer har kommit ensamma till världen, växer upp i individualiteten och upplever ett personligt liv. Men människan skryter om att nu lever man i en humanistisk gemenskapens tid, utan att reflektera över att resultaten av era så kallade humanistiska handlingar, speglas av den depraverade insikt ni har till livet.

Därför är frågan inte hur många människor som samverkar med varandra, utan vilket sorts människor gör det.

- Är du någon sorts Gud?

- En Gud? Oavsett vad du menar med det är jag varken en som upplöser synder, bollplank för missnöje eller räddaren i nöden. Tillhör inte och har inte skapat någon religion heller. Vem är jag? och varför lägger jag mig utanför, med allt rätt undrar du, och jag kommer att berätta för dig."

Kort sagt det är såna som jag som med vårt medvetande skapar det främjande sambandet mellan de universella krafter som styr livet och er.

Jag bidrar med den biokemiska effekten som krävs i era små hjärnor för att överträffa er själva. Min sort väcker inspiration i era intellektuella handlingar, med förhoppningar att de ska leda till något positivt skapande i ert jordiska liv.

På det sättet äger ett utbyte rum mellan yttervärld och innevärld, en samverkan mellan oss och er.

Låter det som skrävleri? Aha, jag ser att du är förbryllad över mina ord. Jag kan också avslöja för dig att detta utbyte sker i tanken, visst det har du redan förstått, eller hur? Vårt högre vetande omvandlas till era tankar, och vidare till era viljehandlingar. Ni är skapta för att verka, medan jag, och många som tillhör min ringa natur, är för att inspirera, och just sådana skilda egenskaper gör varje organism till vad den är.

Vad har fört mig hit och bundit våra personliga vägar samman i en förbindelse, kan du med allt rätt undra. Jag säger det och det får bli det sista av min inledning. Det är Tiden! Tid är en av de grundläggande enheterna som utgör universum, en dimension av rum-tid utan orienteringspunkter.

- Vem är du? Vad har du varit när du levde? sa jag högt, och en skata som hade närmat sig henne nyfiken, flaxade skärrad bort.

- Jag dog för flera århundrade sen. Eller för att vara koncis skulle man kunna säga att jag föddes för länge sen i en liten stad vid berget Pangeo som ligger i Norra Grekland. Beroende på vem man frågar har jag kallats vålnad, gengångare, fantom, osalig ande, demon, myling, hamn, zombie, djinn, heliga ande, m.m.

Men jag är ingetdera av allt detta som ni levande har försökt att lista ut om min natur. Jag är inget mera än ett okroppsligt medvetande som en gång i tiden har levt i en fysisk kropp, älskat, dödat, och av ett fortfarande oförklarligt skäl fortsätter att existera bland er.

Jag ser att du höjer ögonbrynet tvekande för mitt avslöjande. Jag ser det. Men jag vill försäkra dig att jag inte är ensam av min sort och att det finns ett helt hav av oss bland er.

De flesta bara finns, en del vet inte alls om det, men de flesta tycker att det är roligt, intressant, eller obefogat att överhuvudtaget ägnar det en tanke. ”
”Vi bara finns. Ingen av oss vet varför eller hur det gick till, okroppsliga varelser utan den minsta möjlighet till görande. Under mina första årtusende i detta tillstånd ägnade jag mig åt att ta reda på hur saker och ting sker i världen jag kom ifrån. Min första slutsats var att det handlade om fenomenologiska skeenden och inget mera. Men jag kunde inte nöja mig med svaret som istället för att förklara mitt undrade satt locket på min utredning. Det blev intressantare när jag upptäckte att det fanns många organiska livsformer som hade uppnått samma medvetandetillstånd alldeles själva, som till skillnad från mig, hade åstadkommit detta i sin organiska levnadstid! En del av dem hade till och med blivit och är än idag stora namn. Slutligen kan jag säga att jag lyder under samma existensvillkor som du, frånsett tre stora skillnader. Vi består av icke organiska beståndsdelar, därför kan vi inte hantera materia och du… du kan stänga av mig när du vill om du högt uttalar ordet.

- Jaså? Du sa att en gång i tiden var du människa, vad hette du då? Var du en man eller en kvinna? Ska jag visa dig vördnad?
- Oh nej, det räcker med respekt. Mitt namn har ingen betydelse. Kunde heta Jason, nej inte den Jason, eller Elli, jag menar syskonen som skulle hämta den gyllene skinnet. Jag ska inte kallas vid namn eftersom något sådant talar om ett genus något som lätt kan föra dig bakom ljuset. Men vill du så, kalla mig något som behagar dig. Jag är en osynlig konfiguration av högre medvetande som en gång i tiden föddes i en grotta, och vars kropp spjälkades i ett stenbrotts skred. Eftersom det verkar som om du inte kommer uttala avstängningsorden, bör jag nämna att under alla dessa år i mitt speciella tillstånd, har jag hunnit lösa många mysterier.

Frågor gällande det levande och dess gärningar, samt det som är bortom din sinnevärld. Jag har till exempel lyckats besöka många världar, både här på jorden och bortom den. Den långa tid jag existerar och mitt exceptionella tillstånd har lett mig att söka svar på frågor jag blev mest engagerad i. Liv och död, skapandet, och allt som kan finnas mittemellan.

\- Hm…varför gör du det? Jag menar lägger dig i mitt tänkande och mina gärningar...

- Vad som fick mig att ge mig till känna, och varför i herrarnas namn skulle du bry dig om allt jag berättar menar du eller hur? Jag ser att du försöker tänka, men än är det inte dags för eget tänkande.

Jag kan också förstå att du undrar om min angelägenhet för detta långtravande preludium. Kan också tänka mig att du suckar av leda och göra dig beredd att inte fästa avseende vid en till tokstolle som försöker göra sig märkvärdig och stänga av mig.

Men här mistar du i två punkter. För det första jag är absolut ingen lösdrivare, inte i alla fall det du menar i jämställande med dina likar, För det andra du mistar dig om du tror att du kan komma undan mig, för att jag är redan i ditt huvud. Jag håller dina synapser under kontroll och kan koppla ihop delar av din hjärnkapacitet som ingen annan levande kan uppleva det, men ta det lugnt. Än är det inte dags och vem vet, med lite av min hjälp kommer du kanske att förstå bättre. Visst kan du stänga av mig när du vill men så länge jag anser att jag kommer uppnå något med dig, kommer jag alltid att vara i närheten eftersom försynen har fjättrat mig i dig. Oavsett hur det blir försäkrar jag dig, och detta gör jag på grund av mitt långvariga varande, att jag drogs till dig på grund av din potential och ditt livsenergins hushållande.

- Men tänk om du har fel, eller att jag inte är benägen att följa dina råd, kanske till och med göra tvärtom, ge du dig iväg då?

- Det finns inga fel, utan livet består av situationer som individuella och värdsliga grundkonstruktioner sätter fyr på. Dessutom var det inte själavgörande det som sker mellan oss. Jag säger det en gång till, trots våra fundamentala skillnader lyder vi båda två under samma universella lagar som hopfogar oss. Din frihet i detta inträffande ligger i att uttala ditt nekande och blunda för erbjudandet. Tyvärr, varje beslut vi tar resulterar i följder, något jag senare kommer att berätta för dig.

Du är en ung människa, en av kvinnligt kön, en levande varelse vars exploderande tankekraft liknar en vulkan som gungar varsamt på sin glöd i en balanserade gång av väntan. Det är du som fångade mig ur mitt utomordentligt angenäma tillstånd ska du veta, och inte tvärtom.

Min inblandning alltså jag tog till möda att avslöja dess postulerade åt din balsamerade tankeförmåga, som bara rättar sig efter dogmatiska slutsatser, -ismer och mattande ego, är tillskriven till dig. Nu släpper jag lite i taget dina tankar fria så att du kan börja resonera på mina ord. Tänk till mig.

- Inte än. Jag vill höra mera. Berätta mera och gör det lättare för mig att anförtro dig mina tankar. Du vet allt om mig, men jag blir tvungen att förlita mig på dina ord. Du säger att du känner vår värld, då vet du att i vår tid, är sanningen ett försäljningskonstgrepp som ingen kan reda ut med säkerhet. Hur kan du tro då att jag skulle vilja följa dina trickiga så kallade avslöjanden? Därför säger jag att jag behöver tid, vill lära känna dig och ditt uppsåt vad gäller mig.

- I mitt flackade bland er har jag varit i många människors tankar. Jag har styrt och dragits med i deras lycka och olycka. Liv och död. Trots att i mitt eteriska tillstånd saknar jag känslor och dess yttringar består jag av avsikt.

Jag har deltagit i lysande begåvningars tankesmedjor, har utforskat minnesmärkta monument och territorier vars historia är etsad för alltid i tidsarkivet. Men det händer att under mitt låånga existerande i bland annat er materiella värld, att jag fångas av ett medvetande som ditt eller annat ting med ovanlig energikonfiguration. Som exempel kan jag nämna huset där några personer jag hade fäst mig under en lång tid bodde.

Människorna som hade bott i det hade dött och lämnade kvar ett hus fullt av stoff som skulle ta tid att redogöra för. En hel livsepok var manifesterad i detta huset.

Likgiltig och imponerande stod det i sol och regn, snö och blåst sedan en lång förfluten tid. En förfallen gammal överklassare som beroende på dess långa liv och bristande omsorg hade förlorat allt, utom den märkliga glamouren som omgav den.

Vid första anblicken trodde man att det när som helst skulle falla, och många förbipasserande skyndade att byta sida för att komma undan dess excentriska stenmassa. Men något i dess utseende, kanske glamouren jag nämnde tidigare, fick många att närma sig - alltid försiktigt – och högakta den tid och generation huset representerade.

Som sagt, den var ett av de sista bästa exemplar man kunde skåda måste jag säga.

Jag minns en gång när jag försökte förkorta avstånden som olikheter emellan oss skilde oss åt.

Jag glömde nämna om min enastående egenskap att kunna kommunicera med statiska objekt, så kallade döda ting, och om jag inte kan hålla en vettig konversation kan jag åtminstone få fram lite av deras livsregister.

Driven av en outtömlig respekt för husets historia och volym, med uppenbar nyfikenhet uttryckte jag mitt välvilliga intresse. Men jag uppnådde inte mycket.

Huset stod lika avlägset och likgiltigt för all slags kontakt. Bara en gång hade jag lyckats fånga ett konstigt uttryck som verkade nytt i dess överlägsna uppsyn. Något alldeles särskilt jag inte hade märkt till dess. Det var ett uttryck som påminde om en suck!

Suckandet upprepades flera gånger under en lång period, medan dag för dag dalade huset ner i någon sorts uppgivenhet, så tolkade jag det i alla fall. Nu för tiden kan jag säga att det lät som ett ensamhets urladdning.

Med tiden som gick blev husets beteende konstigare än någonsin tidigare, och detta pågick bra länge. Med stort intresse och ytterst försiktighet, iakttog jag detta besynnerliga suckande och skakningar i väggar och stommen. Jag blev besatt av min otillfredsställda nyfikenhet om dess personliga historia och mina misslyckade försök att kunna avläsa den.

Huset var ett av de sista exemplaren i en händelserik generationsepok ju.

Men tyvärr, utan att lyckas brygga avstånden som fanns mellan oss gick tiden, och avståndet som skilde oss åt fortsatte att finnas kvar.

En dag, det var höst minns jag, lockades jag dit huset låg av ett infernaliskt underjordiskt ljud. Den bröt sig upp ur jordens djupaste djup och hela område vajade från höger till vänster, underifrån och uppåt.

Minnet av skräcken som tog alla i besittning om det oförklarliga som ägde rum, är fortfarande färskt i min konstitution.

Det började med ett djupt ihåligt ljud som ingen av de levande hade hört tidigare eller visste vad det var. Det kändes som att en enorm varelse plötsligt hade vaknat och visade sitt ogillande.

Trots att jag visste vad det hela handlade om, flyttade jag mig instinktivt några kilometer därifrån, medan en darrande vibration genomborrade jordskorpan från ände till ände.

Det fick en att tro att slutet hade kommit för hela grannskapets levande själar. Allt höll på att upplösas.

Sedan blev allt som förut och jag hörde hur folk sprang upp och ner skrikande med hetsiga röster som frågade varandra om händelsen.

Trött av allt detta stoj som pågick kom jag plötsligt att tänka på huset, min nuvarande tids högsta intresse.

Jag sneglade åt huset i väntan på den vanliga reaktionen, dess överlägsna min för mitt engagemang. Men jag blev bestört av det jag såg. Knockad lutade det sig åt sidan medan risken att störta skrämde människorna som hastigt sprang därifrån. Gammal och avskalad med förlorad värdighet, väckte den nu mitt medlidande, och då, först då reagerade den på min sorgesamma blick som jag exponerade öppet mot den, och höjde sina väggskuldror fatalistiskt. Men detta drag var också husets sista. För direkt efter föll det ihop och tog sitt sista andetag. Dammolnen omslöt hela område likt ett stort töcken. I detta damm fanns husets sista utandning innehållande dess själ. Varje molekyl var ett litet kalejdoskop om dess ändlösa existens.

Människor kom med bullriga redskap och plockade bort husets förfallna kropp, och lämnade efter sig bara två trasiga luckor, husets korpgluggar, två trasiga fönster som var vända mot himlen.

Min tro och tankar på att husets själ hade lämnat materiens värld, och rest dit alla tidlösa själar tar vägen, skrapades så småningom bort av nya fantastiska vyer som fångade mig i mitt ändlösa varande. Resterna av huset som under ett bra tag hade fascinerat mig med sin uråldriga existens, var under kort borta och en stilig ung huskropp av betong reste sig mot himlen nu.

- Det var en vacker berättelse du delade med mig, och jag ska ha den i åtanke när jag binder mitt eget tänkande.

Det är inte få gånger då mina sinnen saknar utmaningar och allt flyter likgiltigt till tråkigt under några decennier, och ibland till och med århundraden.

Det är de tillfällen då jag känner att allt som faller framför mig är på detta viset för att det ska vara så. Ingen skepsis eller frågetecken om varför och hur. Just då kan det hända något, en virvlade tanke, en kromatisk känsla som sveper mig någonstans ifrån i det oändliga tidsrummet, eller en exceptionell händelse av en flicka som kommer cyklade emot...

Samtidigt befinner jag mig vid den perfekta tidpunkten för att själv bli min väckarklocka. Det blir enormt ansträngande ansamlingsprocessen, att samla mitt i tidsrummet utsprida medvetande, till en liten prick i det gränslösa kaoset av så skiljaktiga former. Sinnet behöver utmaningar i sin eviga rotationsrörelse.

I mitt bevakande av medvetandets olika faser, blir alla stimuli jag kan få till stånd, och bearbeta i mitt tillstånd alltid lika fascinerande. De lägger sig långsamt i mitt sinne redo för analys och syntes och sen kan jag sitta bekvämt i högen av de samlade föreställningarna och utvärdera.

Jag kan säga till dig, er tids främsta kvalitet är försäljningen av perceptionspaket. Som om det vore kaffepulver ni köper på stormarknader som det räcker att slå i lite vatten för att få en stimuleringsdryck. Snabbt och smärtfritt, redo att svälja. Och om smaken inte är som den önskades, vem bryr sig om den kemiska sammansättningen, och kvaliteten på originalprodukten? Men stimulansen och bildande jag kan medföra är oändliga, lik havet som omger din värld.

- Åter igen, jag förstår inte vad är det som är annorlunda hos mig. Varför jag?

- Som jag nämnde innan, det var inte jag som förde dig i min värld utan tvärtom, det var du som drog delar av mitt utspridda medvetande till dig. Jag kom i dina tankar av en enkel förklaring, det var för att du kunde ta emot mig!

- Kan du kontakta andra också på samma sätt som du smusslade dig in i mitt huvud?

- Nej! De skulle dö, bli galna eller något åt det hållet. För sista gången säger jag att du består av ett utvecklat medvetande, och besitter en solid livsenergi som är inte spridd till obetydligheter. Det är detta som kunde skydda dig i vårt möte. Det finns en anledning till att en levande dyker upp i min väg. Det är min klara övertygelse att varje möte, oavsett om det uppfattas bra eller dåligt, sker för att tjäna ett större sak.

Dessa olika typer av händelser är de som jag nämnde tidigare och är så förtjust i. Möten som gör tillvaron intressant, fullt av utmaningar och överraskningar.

Dessa väsentliga sammanträffanden kallade min elev Carl Young synkronicitet. Med min hjälp förstås, försökte han förklara de förebud som universum skickar till oss för att uppfylla vårt personliga syfte.

Men min tid flyger iväg. Den glider in i horisonten och försvinner i ingenstans. Allt som återstår av mitt liv är ett minne som ibland förändras beroende på mitt känslomässiga tillstånd. Ibland virvlar det i oskärpa och ibland ser det ut som en stjärnklar himmel. Där inne finns alla mina upplevelser och gärningar. Rötterna och kärnan till min personlighet. Men återigen, allt är ett sätt att hålla mig i kontakt med det förflutna. Omöjligt att stänga till. Framskridna händelser kan inte göras om. Livet är inte linjer, aldrig likadant. I huvudsak allt faller isär, och sen börjar man som nyfödd att resa sig upp från bottnen. Allt är i en ständig förvandling och utvecklingskurs. Vi blev starkare och tänker djupare, men samtidigt mindre säkra om vår visibla värld. Men nu är du trött och ska sova djup, djup och öppna sinnet… minnet…

Det hade regnat och regnat. I hela två månader konstant.

Jag kom till det regniga landet för att intervjua inrikesministern. Det handlade om att undersöka en viss persons identitet som hade fallit på mitt bord. Det skulle bli en kort intervju och eventuell rådgivning med andra instanser inom rättsväsendet. Men jag hade inte räknat de enorma mängder regn som störtade ner konstant, och dess intensitet hade jag aldrig upplevt tidigare.

Stora översvämmande områden och folk som drunknade, rodde i stora baljor, flydde på träd, hustak, eller i bergen längre bort.

Jag kom till lilla staden för att träffa en viss släkting till personen jag höll på att utreda, men som den gröna västlänning jag var, hade jag inte räknat med det kritiska tillståndet de katastrofartade översvämningarna hade orsakat i landet.

Jag blev vilsen i både geografi och *translation* .

Tillsammans med andra unga och gamla letade jag ett torrlagt ställe där jag kunde slippa vattenmassorna och vila mig en stund.

Efter ett mödosamt plaskande hittade jag en stor vattentank där två halvnakna och helt bortkomna barn satt och såg på mig med stora rädda ögon. Jag klättrade upp till dem och hälsade på dem så vänligt jag kunde för att få något svar.

En stund satt vi där med knäna under hakan tills plötslig flickan vände sig till pojken snyftade och gnällde på västerländska om sin saknad efter deras föräldrar.

Jag tröstade henne med att vi ska hjälpas åt att hitta dem och hon kan vara modig, för att hjälp skulle komma närsomhelst. Jag trodde inget av det jag sade men jag var tvungen att trösta dem med något uppmuntrande, varför inte? Hoppets lögner.

Tiden gick långsamt och vi var hungriga.

Flickan gnällde och pojken i hopp om att hitta något ätbart, hoppade ner i vattnet för att plocka upp en och annan grönsak som vattenströmmen förde med sig.

Själv, upplevde jag ett vakuum i mitt huvud och halvt paralyserad av inaktivitet, satt jag bara och höll den lilla flickan i min famn.

Plötslig kom en äldre man med bar överkropp viftande i vattnet med sina åldrade armar mot oss. Han vinkade till oss att hoppa ner i vattnet och när vi gjorde det lyfte han flickan och pojken i sina armar och sa till mig att följa med.

Huvudet var fortfarande tomt av tänkande och när jag frågade honom om vart vi var på väg, pekade han på en kulle en bit därifrån. En stor del av landet stod under vatten och människor letade efter varandra i vattenmassorna, som fortfarande låg kvar med sin bruna sörja, och bland lösa föremål som drev omkring i det smutsiga vattnet. Män och kvinnor som gick omkring, drog stora baljor efter sig med små barn eller upphittade föremål i.

De äldre kämpade sig fram, oroliga och med bekymrad min, men de som var yngre och kunde stå i vattnet, busade med varandra och skränade som om katastrofen var ett skämt.

Vattnet var ända till midjan på den snälla farbrorn där vi gick.

- Vi ska hälsa på min mamma först, sa farbrorn till mig och de två barnen han bar i sin famn.

Han stannade vid ett hus och han släppte ner barnen och tog ett djupt andetag. Trots att barnen inte var så gamla var det ansträngande att plöja sig fram i vattnet med den leriga botten som en gång var vägen mot byn. Med barnen efter sig gick vi den långa trappan som ledde uppåt. Värmen var outhärdlig och fukten rann ner i stora rännilar nedför väggarna och längs våra kroppar.

När vi kom på den översvämmade terrassen såg vi en röra utan like, där diverse saker, möbler, mattor med mera, låg huller om buller. Vatten fyllde hela terrassen ända till mitten av den murade räcke, och bitar av metallplåt och spånskivor var slängda överallt eller flöt omkring. Allt dränkt av vatten.

- Titta en fotboll, sa pojken.

- Där sitter min mamma, sa farbrorn, och pekade på andra sidan trappan.

Barnen följde efter, eller flickan följde efter farbrorn, eftersom pojken släppte farbrorns hand och gick för att hämta bollen. Jag följde farbrorn och flickan som gick med stora kliv i det smutsiga vattnet bortom terrassens ände som vätte mot den halvdränkta byn.

Där möttes vi av hennes sorgsna leende och ledsna ögon som trängde sig ut i ett snällt men ganska avmagrat och gammalt ansikte.

Mamman satt på en trasig stol som var ställd ovanför en låda, och lutade sig mot den korta mur som omringade platsen. En hög av kläder med två nakna fötter som stack ut, visade sig vara en liten men gammal man som låg med huvudet mot hennes mage.

Mamman vände sig nedåt mot byn, mot de dränkta enkla husen, och de av vatten översvämmade breda gatorna som nu glänste i solens starka sken.

Vi blickade neråt samhället mot den skimrande solens varma strålar.

Farbrorn gick närmare och började tala till hennes snälla ögon.

Hon tittade på honom och sedan sa hon något och smekte den liggande mannens hår.

- Vem är den liggande farbrorn? sa pojken.

- Han är min mammans vän. Han mår inte bra.

- Bor din mamma och denna mannen här? frågade jag.

- Ja, i alla fall gjorde de det tills regnet kom.

Barnen kom närmare och undersökte den liggande mannen. Farbrorns mamma log snällt mot dem.

Den liggande mannen hade två mycket speciella ögon som vi aldrig hade sett tidigare. Det ena tittade neråt mot byn och det andra på mamman. Men bara efter en utandning ändrade de riktning, och det som var riktat mot samhället var nu vänt mot himlen och det andra såg på barnen. Damen log fortfarande snällt mot alla.

Farbrorn talade länge med mamman och hon svarade medan hon smekte mannens blöta hår. Barnen tittade på mannens rullande ögon som pendlade mellan mamman, barnen och staden.

- Kom vi går, sa farbrorn till slut.

- Får jag ta bollen? frågade pojken.

- Ta vad du vill, sa farbrorn.

- Mamman då? undrade jag.

- Hon har inget längre här att göra, hon får följa med, sa farbrorn bestämt.

Då reste sig mamman upp och likt en flodhäst sjönk hon ner i vattnet för att lika snabbt dyka upp och med stora armtag plaskade hon sig fram efter oss. Innan vi gick därifrån såg barnen hur den liggande farbrorns ögon log stilla fast de fortfarande var vända åt olika håll.

- Har mannens ögon alltid varit så där konstiga? frågade flickan.

Mamman sade något obegripligt på deras svåra språk som vi inte förstod. Då fick den snälla farbrodern förklara för dem.

- Ibland, sa han, men det blev värre efter det stora regnet.

Någon gång, då och då, kom en magiker hit och gjorde något med hans huvud och då låg båda ögonen rätt.

En gång försvann de långt inne i hans huvud och då kunde han se bakåt. Han berättade de mest lustiga saker och då hade vi fest, kommer jag ihåg...

Barnen lyssnade med halvöppna munnar och vidöppna ögon.

- ... men efter det stora regnet, kunde han inte hålla ögonen stilla längre. Det var mycket vatten och slit när de ränne fram och tillbaka hela tiden och han blev sämre...

- Ska hon komma hem till dig? frågade jag farbrorn som redan var nedanför trappan.

- Hon gör som hon vill, sa han.

- Vilken bra idé, sa flickan.

- Var bodde hon innan... det här? sa jag och visade den översvämmande terrassen med hela hushållet som flöt omkring.

- Hemma hos mannen med ögonen som rullar åt olika håll, sa farbrorn.

Mamman sa något igen och farbrorn tolkade åter åt oss.

- Hon tyckte att det var en bra tid, sa han.

- Men, men hon förstår vad vi säger? sa jag entusiastiskt.

- Ja, va bra, sa mamman då.

- Hm. Kanske ett och annat men hon pratar inte som vi, hon kan inte mycket sa den äldre mannen.

- Hade de ett hem, hon och mannen med de konstiga ögonen? undrade flickan.

- Kan bo där, sa mamman och pekade upp, mot himlen, men, inte flyga flaxade hon med händerna. Kanske folk kan inte... och hon skrattade som deras folk brukade skratta, men han kan inte med, pekade hon mot terrassen.

- Har inte tanten ett eget hem? undrade flickan.

- Klart hon har, en stor våning som ligger en bra bit utanför byn.

Där bodde hon innan hon flyttade ihop med mannen med de lustiga ögonen som ligger däruppe nu. De hade träffats här, på den här terrassen när de kom från var sitt håll för att beundra utsikten. De fäste sig vid varandra och sen flyttade de ihop, men de saknade denna terrass, och när regnet kom, tog de sig hit. Här var deras plats, ute i det fria, ensamma och med denna bedårande utsikt.

Mamman sa återigen något på sitt obegripliga språk till den snälle farbrorn.

- Hon sa att hon inte ska följa med sa farbror, och såg med ett ledsamt leende på henne.

Då vände sig mamman om och såg på mannen som halvlåg i vattnet. Hon började prata med farbrorn samtidigt som hon sakta kanade sig tillbaka mot sin livs kärlek.

Väl framme lyfte hon upp honom från vattnet och med honom i sin famn satte hon sig i sin stol. Medan hon torkade hans blöta ansikte med en torr trasa ropade hon något till oss som vi inte hörde.

Farbrorn jag och barnen stannade och kunde vittna miraklet som skedde på terrassen. Hur mannens ögon slutade rulla åt sina olika hålla och nu var fixerade på mammans ansikte medan hans tårar rann ner i terrassens smutsiga vattenpöl. Farbrorn lyfte upp barnen i sin famn och vi återupptog det mödosamma släpandet på den vattendränkta gatan."

Jag vaknade med ett ryck och kände mig eländig, både arg , ledsen och förtvivlat.

Det var som om jag hade vaknat ur en dröm - eller en dröm i en dröm. Genom en port som öppnades i mitt huvud var jag plötslig tillbaka till min värld, synernas värld, men som inte var länge den jag kände till.

Hur länge hade jag varit borta? En hel livstid kändes det som.

Jag förnimmer att jag blev fångad i en gigantisk fålla, och initierades till något jag inte har ord för, i ett universum jag inte visste något om. Jag hade slungats bort i ständigt accelererande hastighet som inte visste att det var möjligt.

I en sorts journal som kom ur mina drömmar. Det otroliga var att på något obegripligt sätt visste jag hur man passerar denna kosmiskt kopplingssystem för att komma till ett medvetande jag inte visste att det var möjligt. Paradoxen att finnas i två tidsrum samtidigt och uppfatta saker på ett helt nytt sätt bortom allt förnuft.

Klev in och ut ur en kosmisk djurpark, med återskapade tankar och bilder som vissa var bekanta, och andra var helt obegripliga.

- Var det du som grävde i mitt minne? Ropade jag högt. Detta är etiskt förbjudet och gör du det en gång till uttalar jag orden.

- *Gräva? Ts, ts, ts. Vem tar du mig för flicka lilla? Ditt liv ligger som en öppen bok i tidsrummet och det enda en förbigående behöver göra är att kasta en blick i det du har varit med om.*

- Vad? Vad… Är det du som tog upp denna smärtsamma upplevelse? Varför? Det gör fortfarande ont när minnen väcks till liv. När jag fåt tänka på den arme mannen och den gamla gumman. Fortfarande fasar jag över deras öde…

- *De är döda minns jag… deras tronhimlar hedrade högt deras tillgivenhet till varandra, och så kommer de härefter att minnas.*

- Och du säger det så där, känslokallt och, och övergående.

- *Allt i livet och icke livet är övergående, det var du som undrade. Minnen dök upp i dig för att påminna dig om just det, det är bra att sörja men viktigast är att aldrig glömma att livet är tillfälligt, förbrukningsvara för högre medvetande, glöm aldrig det i dina avgörande stunder.*

Jag hade avslutat genomgången av ett ärende som skulle skickas vidare till mina överordnade på jobbet då jag fick en idé.

- Jag ska kalla dig Iom! Ropade jag när mitt kognitiva balanssystem var åter i ordning. Det kändes som att namnet till mina tankars spökige upphovsman kom helt från ovan".

- Iom, Iom, hm jag tror att jag har lyckats med namnet. Och vet du? jag undrar om det finns någon möjlighet till igenkännande, framträdd med din lekamen, i vilken fysisk form du väljer själv alltså. Vad säger du om det? Sa jag ut i luften.

- Oj, oj hur dum den begäran är! Det liknar förväntan att se luften uppenbara sig i prinsens gestalt. Så gällande namnet du tänkte att kalla mig, jag undrar lite om det…

- Icke - organiskt – medvetande! Iom! Kanske är det ett förenklat sätt att tolka din tillvaro, men jag kan byta det om du inte tycker om det eller så kommer jag på något bättre.

- Våra "konversationer" sker vid olika vardagstillstånd som inte ligger i en tidsmässig sträcka, utan hon hör av sig, eller jag gör mig tillgänglig när jag blir tilltänkt.

Jag var hemma hos mig och höll på att avsluta en rapport som hade med mitt senaste arbetsuppdrag att göra. Fortfarande fanns varken acceptans eller förnekelse om geistens intrång i mina tankar.

En medveten enhet som hade överlevt åldrar av kunskapande utan skada, kunde förbise mitt behov av intimitet, men det finns ett litet men. Ord som uttalas i rätt företeelse med viss rytm och klang har bindande kraft. Det ger makt och fångar energier som varken geisten eller någon annan kan styra.

Men jag bestämmer mig för att ta denna risk, även om jag fortfarande inte har bestämt mig om alltid skulle hålla dörren öppen, eller om jag behöver någon som är nära min existensnivå.

- Kan du inte berätta hur jag blev fångad i din existentiella sfär, eller som du antyder, hur du blev fångat i mig?

- Det är många av er som tror att vi okroppsliga varelser gungar i luften bland övergivna kyrkogårdar eller skumma kvarter. Ha! Ni misstar er. Visst avskyr vi era kakofoniska moderniteter men jag kan berätta för er att det är inte alls så. Jag kan till och med avslöja min adress för er, men jag vet att ingen kommer att söka upp mig och även om någon skulle han, hon eller hen lyckas med det, skulle inte kunna uppfatta min närvaro ändå.

Det var en söndagsmorgon då jag satt i min fåtölj och tänkte på det mesta, när ljusen jag gillar att alltid ha tänt när jag begrundar plötsligt slocknade. Plötslig kom en vind och slängde mig på en gammal stig jag kände igen. Allena och förvånad av den snabba växlingen såg jag mig omkring och underlig nog kände enslighetens kalla grepp, något sånt hade jag inte känt på minst ett århundrade. Jag var avskild från mitt himmelska tillstånd. Skratta du, okroppsliga kan också känna sig vilsna ibland, det är inte vanligt men det kan hända. Jag vet inte om det var nostalgin till den uråldriga livskällan, eller om det var en djup påminnelse om att jag aldrig kommer att leva igen. Vad det än var så hjälpte det mig att förnya min existenslust och uthållighet. Problemet var att där uthålligheten förnyas, hägrar utsikten till fullständig utmattning. Något sånt går ganska fort över, och för att det ska sker det behövs pusselbiten som ska få mig engagera mig i något. Därför fokuserade jag på det jag drar nytta av mest. En människans livslust och kraft!

Men… men jag vill påpeka att det finns en hake i samverkande.

Visst brukar det alltid finns någon stötesten i allt som är bortom det extraordinära? Det är Tidens ofantliga tidsskillnader! Skillnaden mellan min tid, och de levandes tid är diametralt olik varandra.

Det handlar om energi. Energin våra olika konfigurationer är sammansatta av. Därför krävs det en ihärdig ansats av min sort för att finnas till, och verka i er linjera tidsperspektiv.

Enligt energieffektiviseringslagen så måste det totala inflödet av energi in i en organism vara lik det totala utflödet från den. Det vill säga att vid gemensamma nämnare kan ett visst utbyte ske mellan de levande och de med annorlunda sammansättning, eftersom en levande organism svarar mot en likvärdig mängd energi. Därför ligger problematiken i att själv bestå av ett universal stormängd energi och för att kunna samverka med dig krävs ett vis... hm "bromsande medel".

Detta kan vara ett uppdrag, ett bindande intresse, och hos människa det som era religioner kallar kärlek.

Jag kan dig och även alla år som har gått tills nu. Jag ser en flicka på 18 år vid havet. Ser en ung kvinna i ett studierum. Jag ser henne ligga i en sjukhussäng, och i en promenad med sin kille. Jag ser henne och hon är alltid ung. Tidbandet slutar i nuet, och består av hela hennes livshistoria, ända tills hon cyklar förbi mig. Bilderna sugs in av mitt sinne och ingen levande kan föreställa sig detta livspanorama.

Alla som skulle träffa henne i just denna tidsreferens, ser en ungvuxen kvinna cyklade, med sitt blonda hår ända ner till stjärten, men själv ser jag alla hennes medvetna spår hon har lämnat i tidsrummet.

- Hur är det med humor, jag menar finns något sådan i det astrala ställe du befinner dig? Skrattar du, drar du små vitsar till dina likar när ni råkas, eller kan du skämta överhuvudtaget?

- Oh Humor! Humor är en alldeles för allvarlig angelägenhet att få skoja om. Humor är det ena ögat som skrattar när det andra gråter, och det är inte oskyldigt. Humor föds när logiken kollapsar inför det absurda, och är filosofens skratt blandad med psykiskt smärta. Precis som drömmen skapar ventiler till undertryckta tankar och känslor. Har du hört det om kolonialisten som hittades genomborrad av pilar? När hans egna frågade om det gjorde ont, sa han "Nej, bara när jag skrattar".

Skrattet är inte oskyldigt. Inte ens hos bebisar. Livet börjar med gråtande och fortsätter med ett omedvetet leende i sömnen då man träffar sin "skyddsängel". Ängeln guidar sin skyddsling i astralvärlden och får ett leende tillbaka utan några undertoner. Men med tiden börjar den lilla människan att lägga en betydelse i sitt leende.

Det har blivit ett kommunikationsmedel och bjuds ut mot tjänster som t ex uppmärksamhet. Du har kanske märkt också att den sociala positionen och känslan av vanmakt är det som skiljer humorn ifrån ironin.

När man råder en stammande person att bli sportkommentator är det ironi men om man själv stammar då är det humor. Slutligen vill jag tillägga att humor förutsätter en känsla av fjärmande och därför är äkta barn av den, precis som filosofi, och tragedi.

- Wow, häftigt, inte ens jag skulle kunna förklara bättre, hi, hi. Men säg mig, berättar du alltid så entonigt, du låter mera som robot än en högre medvetandes varelse. Jag frågade om din humor bara för att lätta på trycket för mig. Du ska veta att det inte är lätt att bli utestängd av sina tankar. Sen du kom in i mitt liv har jag inte upplevt något riktigt roligt.

- Vill du skratta? Uppleva något roligt? Vad säger du om det då? Hokus pokus filiokus.

Det här gången sitter jag i vårt kök med en kopp avslagen kaffe och försöker hålla mina tankar i schack, som jag inte längre vet vilka är mina egna och vilka har planterats av Iom.

Min kille som heter Thomas håller på att laga mat åt oss samtidigt som han berättar något om sin dag, när i berättelsens iver han välter min halvfulla kopp med kaffe på bordet.

Han svänger snabbt mot diskhon svärande och tar en smutsig disktrasa och som i förbigående doppar han den i vårt lilla akvarium som lyste vackert i köket.

– Vad fan! Är du inte klok? Varför gjorde du så? skrek jag till honom och öppnade lockets glasskiva för att se.

Till min förvåning fick jag se att det knappt fanns något vatten där i och de stackars fiskarna låg och sprattlade på botten.

– Det var det värsta, sa jag.

– Visst är det? hörde jag en tunn röst. Och vems fel är det? Inte vårt i alla fall.

Först slänger ni en massa smuts i vårt vatten, ni förgiftar det med kemikalier, förpestar livet genom att ändra PH i det så att vi inte kan andas, och nu, nu gör ni slut på det också…

– Vem är det som pratar? avbröt jag rösten.

– Det är jag, bubblade en liten guldfisk som stack sin trumpetmun utanför en liten vattenpöl som fanns kvar där i.

– Va? Kan du prata? undrade jag förvånad.

– Visst kan jag det! Jag kan läsa, sjunga och… dansa också faktiskt.

– Det här är otroligt. Jag tror inte mina öron. Pratar de andra fiskarna också?

– Nej! bara jag. Förresten, man kan inte tro på öronen. Man kan tro på Gud, Djävulen, kärleken och så vidare, men öronen, det tror jag inte att man kan, sa fisken överlägset.

- Säger du det? svarade jag ironiskt. Och säg mig, var har du då lärt dig att prata så fint?

- Var tror du? I skolan förstås. Fjällbackas kommunala skola.

- Har du gått i skolan? i Fjällbacka? höjde jag förvånat rösten.

- Jag sa det!

- Men, men hur kom det sig? Jag menar, du är ju en fisk, okej en guldfisk för sjutton, men ändå…

- Jag har inte alltid varit en guldfisk. Jag var en människa förut precis som du, avbröt den mig med sin pipiga röst.

- Vad säger du? Vad hände?

- Trolldom!

- Vad då trolldom? Hur då menar du? Hur gick det till?

- Oh, oroa dej inte. Det gick fort.

- Vad är det som gick fort? Vad hände? undrade jag stressad av historiens vändning.

- Lugna dig människa, jag ska berätta. Men först, kila till vasken och hämta mera vatten, annars kommer inte denna historia få ett lyckligt slut.

Jag skyndade mig till köket och fyllde en kanna med färskt vatten som jag hällde försiktigt i det nästan tomma akvariet. Som ett fyrverkeri av färger kastade sig fiskarna upp och simmade glada omkring med halvöppna munnar. Jag passade på att bjuda på en rejäl dos fiskflingor, som en kompensation till deras lidande.

- Tack, du är en hygglig en trots alla dina brister, sa den lilla guldfisken och simmade närmare vattenytan och glodde nyfiket på mig med sina runda fiskögon.

- Jaså, där är du, sa jag i affekt. Du skulle berätta om…

- Ja just det. Du förstår, jag var en marinstuderande flicka som ibland extraknäckte i en liten fiskaffär som låg i Haga. Där träffade jag en stilig och snäll iranier och efter ett tags sällskapande bestämde vi oss för att flytta ihop. Men en vacker eftermiddag kom hans mörkklädda mor in i butiken, och sa att ingen otrogen hynda skulle gifta sig med hennes son. Och simsalabim, abrakadabra och mycket annat i samma ton. Puff, så förvandlade hon mig till fisk!

- Men, men, är det sant det du säger? Händer sånt här, i det lutheranskt luttrade Göteborg? Förresten hur kunde du överleva utan vatten?

- Det du. Tack och lov säger deras religion att det är en skam att skada ett djur, förutom hundar förstås, därför tog hon upp mig från golvet där jag sprattlade omkring, och slängde mig i det närmaste akvariet. Du ska veta att jag blev så skraj när jag landade på golvet så jag kissade på mig av chocken.

- Det här är helt otroligt, är det sant allt du berättar?

- Har du träffat många fiskar som kunde sjunga, dansa, laga mat, diska, gå i högklackat…

- Ja, ja det räcker, nej, naturligtvis har jag inte gjort dit. Så det är sant alltihop?

- Visst, lika sant som att jag snart kommer att dö, om du inte lär dig sköta min lilla värld ordentlig hädanefter.

- Men jag kan inte, hinner inte alltid, sa jag ängsligt. Jag har så mycket att tänka på , göra, vara med, och dessutom…

- Då dör vi och det blir ditt fel.

- Det är inte jag som förvandlat dig till fisk, skyll istället på iraniern! skrek jag uppretad.

- Ha, det är lätt att skylla ifrån sig, fisken spottade ut orden tillsammans med en rännil av vatten.

En stund, en besvärad stund, betraktade jag situationens absurditet. Jag pratar med en fisk som anklagar mig för världens alla farsoter!

- Hej, hallå du, avbröt fisken mitt förvirrande grubblande.

- Vad vill du, fisken? sa jag besvärad.

- Jag heter inte fisk.

- Jaså? Och vad heter en sådan snygging i vårt vattenområde då? växlade jag till en lättare ton, samtidigt som jag tänkte att vad fan gör det om jag skojar till det hela?

- Susanna! avbröts jag mitt i min komiska överläggning av fiskens pipiga röst. Så kallas jag av de andra fiskarna.

- Susanna? flinade jag. Är det så de kallar dig?

- Susanna! Du vet… låten… Susanna, Susanna, Susanna, *I'm crazy loving you!*

- Jag tror inte mina öron! Allvarligt? Eller driver du med mig? Och hur gammal är Susanna då, om jag får fråga? sa jag ohämmat skrattande.

- Nu får du sluta prata om dina örons tro, du får börja tro som andra människor på något mera… mera…   trofast! Man frågar inte en flicka om hennes ålder, läxade hon upp mig.

- Du driver med mig, eller hur? sa jag.

- Jag har alltid varit driftig. Ända sen jag var en liten flicka… i Fjällbacka, sa hon med sorgesam röst.

- Det här är en otrolig ledsam historia, sa jag med en gnutta medlidande.

- Vad hette du då? I Fjällbacka?

- Greta! svarade hon.

- Greta? sa jag med misstro i rösten.

-Ja! Greta Garbo! Men nu kallas jag Susanna.

Alltså, här står jag lutande över ett akvarium och har en absurd konversation med en fisk som kallas Susanna, men som innan hon blev fisk hette Greta Garbo! Jag tror att jag drömmer. En surrealistisk osannolik dröm.

- Är du kvar? pep det nära mitt öra.

- Hörru du, det bör finnas något jag kan göra för dig, sa jag beslutsamt.

- Visst! Mera vatten, som sagt, och städa lite här inne. Ta bort alla alger och rensa luftfiltret så vi får ordentlig med syre. När det gäller mat, så vill vi ha riktig fiskmat utan en massa kemikalier som det stoppas i nu för tiden.

- Jag ska, jag ska, jag ska, jag ska, jag ska, hörde jag min röst säga som om den kom från en annan dimension och jag öppnade ögonen till dagens solstrålar som lekte på min säng.

- God morgon chefen, var det sista jag hörde av den lilla guldfisken som glad hoppade mot mig och duttade sin nos på akvariets glasvägg.

Mitt uppvaknade var precis som har det alltid varit. Ett stormigt hav av tankar, lust och vilja.

- Jag ska! sa jag med viskande röst och fortfarande förvirrad reste jag mig upp, och gick mot köket.

- Det var ett himla starkt kaffe det där" sa jag när jag klev gäspande in i köket.

- God morgon sömntuta, välkomnade Thomas mig. Sovit gott? Oj vad du har pratat och levt rövare i sägen, förresten vem är Garbo?

- Vad är det som har hänt? Hur?... Vad... Hur är det med fisken?

- Vilken fisk? Thomas tittade konstigt på mig. Vi köpte ingen fisk igår. Vad yrar du Elsa om?

Jag vände mig mot väggen där akvariet skulle stått och där fanns inget. Thomas som följde min blick sa då.

- Vi hade kommit överens sen våra fiskar dog, att vi ska vänta ett tag tills vi köper nya. Du sa själv att du var trött på att göra rent akvariet från alla alger.

- Vad håller du på Iom? Sa jag skarpt. Det där med fiskarnas misskötsel var en känslig punkt i mina åtaganden.

- Oh, min skyddsling, min änglalika varelse. Det var en liten demonstration av hur olik humor kan vara. Jag delade vetskapen med dig att humor förutsätter en känsla av fjärmande precis som filosofi, och tragedi.

Jag tittade genom fönsterrutan. Utanför gick folk med sina hundar, några duvor hade satt sig på murkanten och en av dem kuttrade små ljud en annan sprang på andra sidan vägen. Vad är det för en absurditet jag har hamnat i? tänkte jag fortfarande ur balans.

- Är du en ängel? En odödlig gudshjälpreda? Du kallade mig din skyddsling. Är du det?

- Är jag en ängel? Vet inte, vad som menas med det. Menar du en sådan med fjädrar som en fågel? Jag vet inget om det, det jag vet är varför är jag här.

Jag skickade en ny svärm av tankar till henne och kom loss av tidsrymdens ingenstädes till en till session full av resonemang.

- Jag är en annan form av intelligens och har varit människa som du! Lägg märke till dessa ord; Leva betyder att göra, och det kan jag inte. Mänskligt liv varar ungefär, tusen månader. Och detta om vi lever till 85 år. Annars är de färre. Du har bara tusen månader, i bästa fall, och jag undrar hur ska du göra för att få det bästa av ditt liv, det vill säga inte slösar bort den alltså. Man får panik vid ett sådan tanke när man inser det, eller hur? Det är en obestridlig hård sanning, som inte är påhittad.

Det är därför morgondagen tillhör alltid de unga, friska och värdiga. Det var så naturen vill ha det. Bara de kommer vidare. De andra, oavsett deras elände eller storhet, är dömda att gå under innan.

Du är en avkomling, en kunskapsarvinge av otaliga människoliv som har kämpat, strävat och verkat, på denna jord. I dina gener finns information av alla dina förfäder, deras liv och gärningar, du är deras insats för framtiden. Spill inte livet i klandrande. Vi definieras av de val vi gör, och absolut inget annat.

- Det här sista var det tungt att bära ska du veta, ingen människa kan leva efter sådana premisser.

- Alla människor gör det, medvetet eller omedvetet. Jag ser människor i över 30-årsåldern som är så överväldigade av rutin och arbete att de har glömt hur det är att ta ansvar för sina handlingar, sina liv.

De har glömt romansens doft och spenderar de flesta kvällarna ensamma i en soffa eller vid någon som de inte ens vill röra längre. Jag ser människor som är rädda för att kliva ut ur sin bur för att ta sig till ett jobb de inte tycker om, sitta där med giftig tjusning i sin sjaskiga miljö och berätta varje dag om de drömmar de aldrig kommer att uppfylla. Folk som bara sms:ar på en skärm istället för att ta bilen för att träffa sina vänner. Frågar man dem om deras vackraste minne, berättar dem något från sin student, eller skoltiden. Varje vackert ögonblick räknas. I kärlek och i sorg. Det blir dyrbara minnen och har kanske ingenting kostat, men det är den enda skatten som kommer att fylla din själ på äldre dagar och få dig att le eller gråta.

En stund, en lång stund hände ingenting. Hon satt tyst och jag lät henne sjunka i sina tankar som snurrade i hennes huvud lik en bisvärm. Själv upplevde något väldigt sällsynt.

Jag befann mig här och där samtidigt, mitt medvetande svävande mellan källan till allt, och den fysiska dimension som jorden tillsammans med andra kosmiska element tillhör. Kraften som höll ihop men den eteriska konstitutionen höll på att dra mig tillbaka dit jag är en del av. Samtidig uppfattar jag en inkallelse ifrån den jordiska dimensionen. Bestämda tankar som når mig med kraft och drar en del av mitt nära till upplösning medvetande tillbaka till henne.

- Jag vill att du lämnar mig i fred. Gå du. Du har ett namn nu och jag kan kalla dig när jag vill. Jag lovar att förvalta väl vår tänkande, och göra mitt bästa för att följa det.

Dina drömska föreställningar om varande kommer finnas för alltid med mig, fortsätta lysa med sitt ljus, tills vi möts igen.

Adjö.

Folk anser att bara för att man är en mogen människa, kan man stå ut med allt, att man är fri från smärta. Och sedan, vad var det med ett nytt tänkande?

Vad mognad nu innebär fick jag aldrig reda på. Nu när jag har passerat 40 år ålder har jag bara uppnått en mild självkänsla, något som liknar räkskalet, mjukt och genomskinligt.

En hänsynslös förolämpning har inte längre makten att skada mig, men kärlekens smärta kan tränga igenom min ömtåliga hud och få mig att blöda som när jag var ung. Hur är det möjligt att så många saker liksom konst, sport, nattklubbar och eldigt debatterande har blivit tråkiga i min ålder, och inte berör mig, men kärlekens smärta kan fortfarande göra ont? Är det för att jag hittar nya skäl att krossa mitt hjärta. Eller kanske för att hjärtat aldrig blir gammalt.

Jag har inte heller övervunnit mina dumma rädslor, utan lärt mig undvika dem.

Jag svettas ursinnigt i köer som om jag hålls fången, eller när en inneperson tilltalar mig. Vokabulären förvandlas till grymtningar utan mening, och jag hittar inte de rätta orden. Dessa rädslor kan fortfarande förfölja mig, men tidens gång har lärt mig att stå ut. Mina tankar övertygar mig ändå att om jag har missat en ny möjlighet, är mitt liv inte bortkastat. Eller när någon jag ser upp till tilltalar mig, då tappar jag talförmågan, tills den andre går. Dessa rädslor kan fortfarande förfölja mig, men åldern har lärt mig att maskera med ett vilseledande leende. Om jag inte lyckas någon gång, är det inte hela världen heller.

Det känns som att jag ibland befinner mig i ett ständigt tankefödande. Tankarna föder tankar som i sin tur föder nya tankar! En skalle tankat med tankar som tänker om varandra, lever i varandra, dör och reinkarnerar sig i varandra.

Vad gör jag här?

Mina val avgör definitivt mitt liv. Livet beror dock inte enbart på vad jag vill och är uppenbarligen inte generöst mot alla. Den frihet som ges till mig är de val jag gör med mina bedömningar om saker och ting. Bra eller dåligt, så länge de inte är beroende av viljan måste de accepteras. Men slumpens inblandning slutar här. Som en bra skådespelare måste jag spela min roll väl, för ett lyckat resultat.

Allt är bedövat igen och jag ligger som en packad väska i ankomsthallen. Bara tankarna är i rörelse och härjar i mitt huvud.

- *Hej!*
- Vad? Vad är det? Du blev avstängd minns jag.
- *Eh, hade vägarna förbi och… Det är bara jag!*
- Angenämt men... hur? Hade jag inte avisat dig?
- *Javisst ... men nu hade jag väg ...*

-Nonsens! Men eftersom du är här vill du vara snäll och stänga av oväsendet utifrån? Kan du få mig uppleva någon ledsam cellomusik om jag får be. Det skulle passa bättre till min håglöshet.

- Eh... jag är inte en sådan... eh ska försöka...

- Vad är detta? Kallar du detta för musik? Var är cellon? Menar du verkligen att det här är andante? Driver du med mig? Stopp! Stopp sa jag! Vi är färdiga!

Idag fyllde jag år! Är Jag redan 40 år? Nej, nej, nej! Jag är fortfarande 40 år. Alltså, jag är bara 40 år är rätt perspektiv!

Med åren får jag förmågan att njuta av saker som tystnad, tid, och skönhet.

Som att man vet att denna skönhet snart kommer att försvinna, inte som den gjorde i ungdomen när man trodde att allt skulle vara för evigt. Då var jag odödlig, även om det var en illusion, vilket inte nödvändigtvis var en dålig sak.

Jag reste en hel del men såg inget på riktigt, för att jag trodde att jag skulle få se det igen. Ju äldre jag blir, desto mer intresserad blir jag av sakernas flyktiga natur, av det tillfälliga. Tingens grund i allmänhet. Mitt liv har blivit en evig iakttagelse av olika tankeprocesser.

Jag hävdar att den kommande världen kommer att vara en låst värld. Och att hemmet kommer att bli världens centrum.

Med andra ord kommer färre och färre att fråga: "Vad gör jag här?" Selfie-generationen kommer att vända upp och ner på reskänslan genom att vända resmålet mot sig själv. Faran idag för digitaliseringsinfödda är att de vill förbli barn för alltid, skyddade av föräldrar som ständigt vakar över deras liv.

Men det kan hända att unga människor upptäcker andra sätt, hitta tråden som förbinder det förflutna med framtiden, och möta livet.

Jag vet inte, jag bara tänker och tänker och tänker. Ett tankevirvlande utan slut, utan reson. Inte ens min kärlek kommer undan deras herravälde. Osynliga små dynaster har tagit grepp om mitt hjärta.

Hela mitt nervsystem tillhör också dessa terroriserande tankedespoter. Tankarnas attraktion till min hjärna tjänar sin egen existentiella lag.

De har hittat substansen i min hjärna, och har skapat ett urhem, ett tanketumör. Jag upptäckte att processen som föder dem, inte härstammar från min värld. Mitt liv är infekterat av detta supervirus som existerar för bara ett enda ändamål: Att hålla mig vaken!

Thira

"Det var krig och vi flydde för våra liv, jagade ur våra hem av den turkiska milisen. Den grymma förföljelsen, bränderna av våra byar och skjutningarna var mer än vi mäktade med.

Bortkörda med den ilskna och fanatiska mobben i hälarna tog vi till flykten från våra hem och staden som en gång i tiden grundades av våra förfäder. Vägen mot friheten ledde oss till havet, men innan vi kom fram hade vi förlorat små barn, våra gamla, och all värdighet Gud hade gett oss.

Drunknade människor med stora säckar fulla med så mycket som möjligt av allt de orkat bära med sig, guppade med vågorna mot kajerna. Min far hade skjutits utanför vårt hem och min bror på vägen. Jag lyckades inte rädda min lilla son men jag själv och min mor lyckades nå skeppet som väntade vid det öppna havet.

Vi blev hopfösta som boskap på fartyget som förde oss bort mot okänd destination. Fyra veckor på det öppna havet. Jag minns ön där vi efter en fruktansvärd sjöresa skulle ankra. Den egendomliga klippiga svarta massan som höjde sig ur havets djupaste del någonstans i Egeiska havet.

Dagen grydde då båten långsamt närmade sig. Med vilda blickar betraktade människorna på däck öns branta och brända berghällar. Jag minns skräcken som vid första anblicken av denna guds fördömda plats tog mig i sitt grepp.

Det sved i ögonen när vi tittade upp mot de svarta klipporna. En sveda som emanerade från denna brinnande och söndertrasade bergmassa.

Att segla in i världens största gryta med de våldsamma klippformationerna uppresta hundra meter över havet märkta av sina tydligt etsade vulkaniska lager var en omtumlande upplevelse.

Inget annat än svarta klippor. Svarta klippor som brände och skar våra nakna fötter. Brist på vatten. Brist på växtlighet.

Flera hundra trappsteg från hamnen förde oss upp till öns grottiga bebyggelse. Där gnistrade det i vitaste vitt av molnens varma fuktighet. Molnen uppstod som ur djävulens heta gömställe.

Grumliga vitgråa slöjor rullade strax ovanför hustaken och genom klipporna. Dess fukt genomträngde allt och där i dess konturlösa svep gick vi vilse. I den halvmåneformade öns bukt låg vulkanens sammanstörtande krater i dvala. En rykande ingång till jordens helvetiska inre. Jag minns ön som om det vore igår.

Det sades att havet runt ön var oändligt djupt och att ingen helt kunnat utforska dess botten och att ingen kände till vad som dolde sig därnere i djupen.

Detta är vad jag minns från vår ankomst till ön. Minnen som etsat sig fast. Vi kallade den Djävulsön. Året var 1925, och vi hade flackat runt på det öppna havet i sex månaders tid. Tillsammans med flera hundra flyktingar lämnades vi på denna ogästvänliga och karga ö i flera månader. En tid som bestod av hunger, törst och torka. En påfrestande tid i misär, utelämnade och plågade av diasporans demoner."

Med min farmors öde i tankarna startade jag denna morgon min upptäckts-resa på ön, tillsammans med en flock av otåliga resenärer.

Jag kände mig redan eggad av öns utmanande natur och fukten som svävade i luften och utmed varje klippas branta sidor.

På slingrande och fullkomligt livsfarligt vacklande vägar runt ön, sökte jag mystiska grottor, klättrade på konstiga klippformationer, och undersökte som en *Schliemann* dess ruiner.

Legenderna är många, men den mest kända är den som beskriver ön som en kvarleva av den försvunna kontinenten Atlantis. Ingen vet säkert, men det hindrar inte fantasin att skena iväg och överdriva en aning varje gång en ny upptäckt plockats upp efter dagens dykningar. Men ingen blir besviken. Med eller utan fynd är man oerhört tacksam för det rena och iskalla vatten som omringar ön, i ett tappert försök att släcka denna bergmassans glödhetta.

Efter motorns sista puttrande sträckte jag på min solstekta trötta rygg och omfamnade havets blåhet så långt mitt dammiga öga nådde.

Efter allt skakande och skumpande utför de grusiga och slingrande vägarna, längs branta bergsstigar, återgick hjärnan så småningom till sitt normala tillstånd.

Andningen återvände till sin naturliga rytm, medan ögonen följde de rullande böljande vågornas rörelser som sköljde sitt salta skum över strandens svarta sand.

Förslöade av solen och berövade på all energi låg badarna i rader, helt överlämnande åt solens heta strålar. Otillräckligt skyddade av väldoftande sololjor och utsträckta på bekväma stolar kunde de inte dölja hur deras hudar fått mörkare skiftningar men ack så rynkiga.

Den starka solen hettade upp luften så att det flimrade för ögonen. Marken pyrde och att sätta sina fötter i sanden var som att gå på brinnande kol. Min kropp rörde sig som i trans mot det vaggande blå för ett fräsande dopp i havsvattnets uppfriskande famn.

Uppiggad och gladare av det lindrande doppet, reste jag mig avkyld och med klarare blick och uppfattningsförmåga. Jag lät ögonen långsamt granska platsen tills min blick stannade på den allestädes strandkiosken.

Det lilla kafét låg på en liten upphöjd platå med skuggig veranda under vasstak. De runda borden och pinnstolarna som låg i skuggan gjorde stor inverkan på mig.

En påminnelse om den stora vätskeförlust min kropp utsatt sig för under mopedturen runt ön. Avsaknaden av saliv resulterade i att adamsäpplet hissades upp och ner i ett desperat försök att pumpa vätska till munhålan och stimulera salivproduktionen i svalget.

Det var bara några steg till närmsta bord men det var med livsavgörande kliv jag långsamt hasade mig dit medan salta droppar rann över min kropp. Den kvävande hettan hade gjort mig helt uttorkad och med underkäken hängande slängde jag mig ner på första bästa stol jag kom åt.

En vattenflaska med uppfriskade vatten räckte för att min kropp skulle återfå vätskebalansen, och så småningom även en del av min förlorade vitalitet.

Efter sinnets normalisering finkammade mina uppiggade ögon omgivningen. Utsikten bestod av det evigt sköljande havet, spetsiga klippor och strandremsan som dallrade av hetta. Där låg halvnakna kroppar och offrade sig till den heta infernoguden.

Vid bordet bredvid kämpade en tajt blå tygbit för att dölja en bit av en ung mans "scotrum" som fräckt vägrade låta sig tämjas av textilen. Min blick vandrade vidare till två långa mörkbruna ben som slingrade sig om varandra. Från knävecket trillade små svettpärlor ner mot vaden. Otroligt vackra i solljuset som omgav dem med sin glans.

Blicken vandrade upp till ett robust brunhårigt huvud, en solbränd böjd rygg och sedan neråt igen för att stanna på denna bedårande mans verksamhet på bordet. Hans lika solbrända kraftiga arm vilade på bordsytan, och en ungdomlig hand ristade med en vältuggad penna något på ett vitt ark som fladdrade lätt av havets bris.

Blicken zoomade ut i utgångsläget för att beundra hela scenen och konstnärligt rådgöra med hjärnan.

Var det kanske en flyttfågel som registrerade sin vidare rutt, eller en inföding som trädde fram ur öns mytomspunna historia och som nu skildrade dess manliga skönhet.

Under tiden som mina tankar svävade runt, paraderade de hyfsat bra exemplaren av strandens kvinnor med briljerande kvinnlighet i katastrofalt smala minibaddräkter framför manen. Havet ignorerade akten och dess eventuella följder som utspelade sig, och fortsatte med konstant gungande att vagga fiskar och badande kroppar.

Havsvattnets blöta andedräkt bredde ut sig ända upp till kaféet. Täckte klippor, bohag och människor, och med solen som låg närmare horisonten fylldes luften av mystik.

En sensuell våg drog över havsytan. Solens alltmer försvagade solstrålar fördunklade platsen. Stranden var nu nästan tömd på folk, med undantag från ett fåtal som utan att märka tidens sena timme fortfarande låg där bedövade av solens värme. Efter stämningens hypnotiska förvirring, började blicken långsamt återfå sin klarhet, och landade nu på de vita arken där ett främmande språk syntes i oordning.

Plötsligt stal en röst uppmärksamheten. Mina ögon ryckte till och föll åter på det böjda huvudet.

Efter en störtdykning landade mina ögon på en söt och oemotståndligt fräck mun, inramad av två oemotståndliga läppar. En mun som måste ha skapats av mästaren själv. Läpparna formades om, och skapade ord riktade till den unga servitören som med en vit trasa i händerna hade skyndat sig dit. Servitören försvann för att om några minuter komma tillbaka med en rykande kopp.

Havets svaga bris spred vidare den uppiggande doften av starkt kaffe. Kaffe! Tiden är inne för uppvaknande och återhämtning inför kvällens inträde.

Blicken återvände till händernas rörelser, som förde koppen fram och tillbaka till denna gudomliga mun. Han vände sig om och gav ett erbjudande i frågande form till min blick, som fortfarande var hypnotiserad av händernas ritual. Uppmärksamheten var spridd och splittrad. Totalt oförberedd på ett erbjudande i frågande form.

- *Do you play backgammon?*

Ögonen darrade av sinnesförvirring, och ett fördömande följde den slöa hjärnans ineffektivitet. Förargad över den försummade chansen till kontakt. Men som ett under, och till min frustations undsättning formade läpparna åter frågan, som den här gången hann nå min distraherade hjärna för överläggning, och tolkning till hemspråkets innebörd.

Nu rinner väntan som en brusande drink i blodet. Havets hypnotiska brus med månens magiska ljus fyller kroppscellerna och förvandlar blodet till en kokande flod av längtan. En jäsande ström som hastigt rusar till hjärnans behärskningspunkt. Det är mycket stilla i luften. Endast havet hörs, ett evigt svajande och varaktigt mummel.

Under spelets vana och nonchalanta rörelser, möts blickarna
någonstans i luften för att utforskande krypa in i varandras okända
glimmande kristaller i ögonen. Samtidigt som händerna avsiktligt
nuddar varandra, böjs huvuden mot spelet som vid det här laget
har övergått till en högre division.

Det är sommar!
Månen som precis har lyft sig ur havet flirtar kärleksfullt med de
oroliga vågorna. Världsalltets förtrollande stämning väller fram i
luften och fyller hela härligheten med sin genomträngande magi.
Solen försvinner långsamt bakom bergets klippor i sin eviga
kretsgång.
Det skymmer. Fullmånen vandrar vidare i sin rotationsbana och
hänger nu ovanför bordet. Rymdkroppens starka ljusgata vaggar
på havets små vågor och i minnesbalkarna etsas tidpunkten fast
för alltid. Då och då framträder några stjärnors starka ljus bakom
månens bana, för att blinka ett par gånger och sedan försvinna.
Stranden kyls långsamt av, och i sanden gnistrar nu kvällens
fuktighet. Svart sand. Havets blöta andedräkt fyller människornas
solbrända bröst och tillsammans med kvällens dunkla dagsljus
sveps platsen in i dimslöja.
Människorna ryser av den plötsliga och genomträngande fukten.
Hundar leker med varandra på den våta stranden. Mitt uppe i
lekens spänning skriker några barn till av upphetsning. Barnens
skrik balanserar de hänryckta känslorna. Förtrollade sinnelag av de
eldiga solljusstrimmornas stänk vid horisontens rand. Kropparnas
kompassnål ledde dem närmare varandra.
Oh natur, vilken vishet i dina handlingar! sa poeten.

Spelet vid det lilla runda bordet fortsätter allt snabbare nu. Fingrarna blir otåliga. Välplanerat rör de varandra medan ögonen försöker dölja kropparnas passionerade förväntningar. Öns huvudstad byggdes uppe på en svart topp. Därifrån ser natthimlens gulsvarta sken ut som en kosmisk tavla broderad med lysande punkter.

Affärerna på öns sluttningar lyser med sin prickiga glans, likt ett vackert sprakande smycke som hänger i luften. Hängande där över oceanen återupplever fantasin ett fascinerade skådespel av sägenomspunna händelser, där gudar blandade sig med människor, eller amsagor om uppväckta dansande sagoväsen.

Som i ett bländverk förlorar landskapet sina fasta konturer och förvandlas till en drömstad uppe bland molnen. Stadens magiska verkan är sprunget ur luftens fuktighet. En översinnlig fuktighet som rullar ut sig och tränger igenom allt och alla med vått ludd. Besökarna står hänförda över landskapens snabba förändringar. Med vidöppna munnar suger de in den laddade fuktigheten som fyller blodet och hjärnceller med berusande dofter av havets jod och gårdarnas jasminessens.

Jasmin som breder ut sig över alla vita terrasser utmed stadens branta sluttningar. Det påstås att platsen är en saga och dess nätter en färd i magi.

Med beslutsamma rörelser försöker besökare att fånga sagan med välutrustade kameror, dock utan framgång. En saga kan endast fångas av sinnena.

Sakteligen öppnar natten sina magiska vingar för att täcka och söva nattmänniskorna. Ljudanläggningarna har tystnat en efter en. Det är bara havets brus och cikadorna som fyller natten med sitt monotona gnidande.

Långsamt glider nu båten med mig bort från ön.

En sista gång vänder jag blicken mot dess svarta klippformation, vars toppar borrar sig genom de tunna molnen. Gränserna mellan saga och verklighet är bortsuddade.

En ny dag gryr. Långt bort stiger livets lysande klot sakta upp på himlavalvet.

Villfarelse

Min berättelse är lika gammal som människan.

Från grottmänniska till antiken, och från medeltiden till våra dagar, människan har aldrig slutat drömma.

Det finns miljontals nätter med spår, inte bara av stjärnor utan av biljoner drömmar. Alla olika, eftersom en dröm är enastående och aldrig upprepar sig exakt. Det är bara spöken och de döda som inte drömmer.

Och så var jag på vägarna igen. Ute på resa där jag själv inte var säker på destinationen, varken plats eller tid. Nyfikenhet var drivmotorn och intressanta vyer målet.

Den mesta av tiden var allt som vanligt. Platser jag hade sett, glädjens scener och sorg likaså. Liv vid varandra, på varandra, i varandra och med varandra. Barnfamiljer som strosade omkring och störde med sitt tjattrande och översvallande. Människor och platser genom en så kallas läsesten.

Sekunderna flimrar förbi som i en film, med inriktat engagemang på det som skissar förbi mitt själsfönster.

Jag minns att jag skulle hem och letade efter busen som skulle dit. Men jag hade gått vilse och hamnade alltid på fel station, eller missade den rätta busen. Hur jag hade hamnat här minns jag inte. Jag minns bara att jag gick och gick.

Vid svängen efter kullen hade jag ingen aning om vad som gömde sig bakom kurvan.

Ljuset var himmelskt. Kvällsljuset har alltid något oemotståndligt överväldigande i sig, då hela skapelsen andas ut, redo för nya illusoriska tilldragelser. Begivenheten var jag väl förtrogen med. Beundransvärda kvällsupplevelser hade jag haft tidigare, lika hänförande och underbara.

Men, det unika med detta himmelska ljus som meditativt spred sig i landskapet var att det inte hörde ihop med dagens klockslag.

Med andra ord, det var en vanlig förmiddag när jag svängde in på denna solbelysta härlighet.

"Vad i hela fridens namn är den här platsen för något?" var min första spontana reaktion. Vikens landskapskonturer som välkomnade mina syner skimrade facetterat i det vackra solljuset. Själva solen var gömd bakom en hög klippa av eroderad kalksten och dess väl synliga strålar spretade ut sig som en solfjäder. I själva viken låg några små färgglada fiskebåtar och runt den korta sandstranden stod ett fåtal hus vars avstånd gjorde det svårt att definiera deras funktion.

Vägen jag följde efter kullens krökning gick igenom en liten fiskeby och där ändrades också utsikten. På strandens andra sida kunde jag urskilja höga konvexa byggnader som trängdes ihop en bit från vatten, och vackra hus med trädgårdar längs kullarna som omringade den lila viken. Utsikten var bedårande!

Platsen var underbar och den låg utanför en stad som var omgiven av havet. Det var en stor stad vars folks plikttrogna livsstil ofta var en källa till skratt och jämförelse, och deras attityd var en utmaning för oss.

På kvällarna fläktade optimismvindar i våra hjärtan och väckte till liv långa introspektioner som pågick tills sent på kvällen.

Dessa vakna drömmar var också vår lycka, tills natten kom för att ge upphov till andra sorters granskningar.

Vi kände oss rika, utan intresse för brackigt tillfredsställande och vår rikedom var detta underbara lugn som fyllde våra unga kroppar. Vi var vår tids barn, och glädjens andedräkt blåste tillförsikt i våra sinnen och förenade oss med något särskild i världen. Vi trodde att detta tillstånd skulle hålla för evigt, förbli barn, och märkte inte hur verkligheten kom närmare för varje dag som gick.

- Minnet! Såg du inte skylten när du kom? Byn heter Minnet, sa någon som svar på mitt undrade.

En gång i tiden var denna plats ett viktigt handels- och kulturcentrum för farande folk. Men nu är det få som känner till platsen och ännu färre som besöker den.

Jag kom närmare och närmare och ljuset, ack detta ljus som förvandlade hela platsen till en pastellfärgad belyst scen, hade inte förändrats det minsta under alla århundraden. Det var som om hela platsen var självlysande och det fanns inga skuggor.

Helt tagen av skådespelet stannade jag på ett ställe för att återfå min stadiga andningsrytm.

I början ville jag inte röra mig därifrån. Jag stod och inandades lukter, färger, rörelser och allehanda intryck. Som en uttorkad svamp sögs allt in i min syn.

Så småningom kunde jag ta några steg därifrån jag stod och med klarare blick betrakta omgivningen närmare.

Jag blinkade mot de höga torn och tak som längre bort lyste i de kringspridda ljusets strålar, och plötsligt började en liten, pytteliten, aning om platsen ta form i mig. Igenkännande? Deja vu? Vet inte.

Helt plötslig fick jag stor lust att titta närmare på dessa konstiga byggnader som tornade upp sig mot den klarblå himlen.

Jag gick längs gatan, nedför kullen. Där stannade jag för att beundra denna exceptionella arkitektur. Jag hade aldrig sett något liknande någonstans. Varken på bild, teckning eller i verkligheten. Alla hus bestod av solida väggar som rundade sig vid varje kant. Runda, som afrikanska hyddor men med flera fönster åt alla håll och dörrar av massivt trä.

Jag var nyfiken och ville komma in och undersöka interiören.

Det fanns inga andra människor omkring, och de som fanns kunde man se från lång håll som små svarta punkter mot ljuset.

Jag valde huset som var närmast och gick in. Interiören var en överraskning. Mitt i det största av alla rum växte ett ålderstiget träd jag kände inte till sorten. Det var full av gröna blad i den runda kronan och var inte så värst högt, och hela trädet badade i det himmelskt vackra ljus som flödade in från de stora fönstren.

Tomma rum och runda salar mötte jag av där inne, och det saknade möblemanget väckte erinran av något som jag inte visste förelåg i mig. Intressant hur vissa saker bara dyker upp i minnet.

Bilder, händelser och meningar som man kunde gå ed på vars existens man inte haft någon aning om. Bortsorterade av hjärnan eller tillhörde de någon annans? Vems, i såna fall. Jag vet så lite om vad som pågår i minnets balkar. Kanske ett medvetandets spratt?

De uppväckta bilderna dominerades av tillvaron tillsammans, vår tid långt tillbaka i tiden, och mitt sökande.

Jag gick runt i alla rum och din förekomst växte för varje steg jag tog.

Jag mindes nu att du var exceptionellt nyfiken på livets olika sidor och värderingar och hur man undviker misstag.

Jag var inte klokare än du, kanske mera pragmatisk än dig därför sökte du ofta min uppmärksamhet, vilket jag med glädje tog emot.

En av dessa kvällar när jag satt och läste frågade du om jag ville berätta något från världen utanför.

Jag svarade med ett leende att jag inte var någon stor kunskapare men en del av tidens begivenheter hade jag sett och hört.

Du tittade med dina stora vackra ögon på mig och sa att det inte skulle spela någon roll. Även om det var obetydliga saker, ville du höra mig berätta. Det kan vara berikande, sa du. Jag ryckte på axlarna, och vi gick ut i nattluften.

Det var mörkt på den smala kullerstensgatan där två figurer stod och sniffade på några smutsiga handdukar. Övergivenhetens stämpel lyste i deras pannor.

Sedan gick vi till motorvägen där någon låg i en blodpöl samtidigt som de förbigående noterade händelsen med sina mobiler. Platsen dit vi kom efteråt var död. Mörka barn med svullna magar lekte med förbrukad ammunition vid skadade militärfordon. Deras boplats låg i ett konfliktdrabbat område där multinationella intressen fördärvat varje spår av hopp. På en annan plats, omgiven av taggtråd, såg vi utmärglade mammor med sina trasigt klädda barn stå och stirra tomt på oss. Deras ögon var döda av bedrövelsen i deras liv.

Längre bort passerade vi kostymklädda män och kvinnor som studerade kartor och kalkylerade frenetisk i sina datorer.

Det var de som sålde frihet genom preparerade anrättningar, skräckvälde och krig. Profit var deras föda.

Du gled livlöst från mig.

Din obefläckade logik kunde inte stå ut med det du såg av den råa verkligheten, det som ägde rum utanför den bekväma säkerheten vår avskildhet medförde. Dina ögon tvivlade på sanningen.

Vi hade kommit till havet och våra sinnen omslöts av havets sorg. Vågorna sköljde ut högar av plast och bland stinkande svarta fläckar flöt döda fiskar som gnistrade i månskenet. Bestörta vände vi oss till skogen och ett kusligt morrande hördes från alla slaktade djur.

Plötsligt blixtrade det på himlen och ett dundrade hördes. Jorden klövs av krigsvagnar som rullade på de stupades styckade kroppar. Världens utvalda fortsatte den obevekliga jakten efter makt i dominansspelet.

Vi vände blicken uppåt.

Några satt där i mjuka moln och registrerade det absurda slöseri av liv med slående beskrivningar, färgade av fraktionerna som betalade högst. Evenemangsäljare kunde med lätthet att överdriva eller förvränga. till en konsumtionshungrig publik av nervkittlande spektakel.

Jag vände mig om och sträckte min pekande hand mot horisonten. Du har inte sett hatets offer sa jag, de som är sjuka av felaktiga val, de som fostrats av negativa sedvänjor, de utan barndom. Du har inte sett fanatismens konsekvenser som hela mänskligheten drivs av dagligen. Det hänsynslösa missbruket av tro och botemedel. Toxiska medel för en tillfällig glidning från ångest och ansvar.

Jag skulle vilja visa dig rättvisans felaktiga beslut. Gråtande föräldrar som rycker av sig håret ovanför sina skändade barnkroppar, deformerade barnkroppar av kemiska fabrikernas hälsovådliga ämne. De som slåss för en sund planet, som dagligen kämpar för att livet ska fortsätta på denna jord.

Innan jag hann visa dig den ljusa sidan av livet märkte jag att du inte länge var med mig. Jag vände mig om för att se vart du var på väg, men du var redan borta.

Jag gick runt länge och frågade alla jag mötte om någon hade sett dig.

Med dystra ögon återvände jag ensam hem och möttes av en nedslående dallring av röta som genomsyrade huset.

Långsamt insåg jag att livsprojektionen bidrog till vad jag hela tiden ville undvika. Förvånat märkte jag plötsligt att tårar rann på mina kinder och det kändes som att mitt gamla huvud bar hela världen.

Min kropp och sinnena berördes av en kortvågig dov vibration. Jag märkte att darrningen drev mig utanför huset och att jag sprang ut efter stigen som ledde till staden.

Där inledde jag ett sökande efter den svaga bildförnimmelsen av något bekant jag saknade och som mitt väsen identifierades med.

Jag minglade med folkmassan och lät mig dras till olika situationer där olika sorts människor tvingades in i dunkla handlingar av sina drifter och anlag.

Jag gick med på allt driven av mina höga förväntningar, att hitta förbindelsen jag sökte överallt, stigen tillbaka till oss.

Till slut vände jag mig trött, och med en känsla av vämjelse mot stranden, mot det öppna havet.

Till den lilla landspetsen som höll sig emot det flytande elementets kvantitet. Det var ditt element också, mindes jag. Något i mig styrde mina steg dit. En övertygelse att där i det öppna havets dopfunt, skulle jag kunna samla bitar från min inre värd, och rekonstruera min trasiga konstitution.

Men havet sköt bort mig, vilket fick avståndet till stranden att hela tiden växa. Havet och återföreningens stund förblev otillgänglig.

Uppgiven återvände jag hem för att mötas av ensamheten som hade fyllt rummet med din frånvaro.

Förlusten av dig överväldigade mig med en tyngd i bröstet som plågade mig med sitt tryck av hjälplösheten jag kände.

Under tiden tilltog avståndet till havet ännu mer.

Tiden som hänsynslöst försvann, satte spår i det skrynkliga ansiktet, det bleknade håret och kroppen som hade krympt. Glömskan av allt som hade varit, regerade nu i detta skalliga huvud.

Det var då någon berättade om dig, och återväckte domnade förnimmelser, och återskapade bilder som hade bleknat med tiden.

Plötsligt varseblev jag vår smärtsamma separation, och förvånades över mitt glömska och vårt färdmål.

Adressen, var i just denna värld, jag ville rädda dig ifrån. På adresslappen stod namnet på en gata i ett fåfängt kvarter av materiellt välstånd. Men ditt namn var helt okänt för mig och jag kände dig inte med ett namn. Du hade alltid betraktats som en del av mig. Kanske till och med den riktiga delen av min helhet.

Vägen dit var lång, och under tiden hade jag åldrats och var trött. Det kändes tveksamt om mitt hjärta skulle klara ett möte med dig.

När jag kom in bads jag att sitta ner på en soffa och vänta. Och så dök du upp! Hela rummet fylldes av din realitet. Jag kände genast hur mitt väsen sökte sig till dig. Du såg på mig en lång stund. Jag märkte att du inte kände igen mig.

Du stod där lika ung och bedårande som förut och väntade på att jag skulle säga något.

Med skakad röst och på ett klumpigt sätt berättade jag om mitt letande, längtan och skälen som ledde mig till dig, medan mina ögon letade efter något igenkännande i ditt ansikte. Något tecken på emotionalitet och intresse. Men tyvärr hittade jag inget sådant.

Jag kände inte igen något av det som drev mig till mitt långa sökande.

Kanske bara en liten glöd i dina svarta ögon, där mina fetischistiska visioner återspeglades. Din kropp var en fröjd för ögonen men stum och främmande för känslor. Jag märkte med häpnad att trots att du var en del av mitt liv, kände jag egentligen inte alls dig. Trots alla år som du fanns i mitt sökande kände jag bara igen ögonen! Där inne kunde jag se mig själv. Där inne upplevde jag min längtan igen. Där inne såg jag oss tillsammans.

Då började du berätta om din funktion och beskriva ett stort register av olika tjänster som var din specialitet. På grund av din långa erfarenhet var inget omöjligt för dig, sa du. Det enda jag behövde göra var att framföra mina önskningar och sedan bara slappna av. Du skulle ta hand om mig på det bästa möjliga sätt. Du var en kameleont som återgav omgivningens böjelser, sade du med löftesrikt leende. Sedan förklarade du priset för mig.

Varje förnyelse av önskade upplevelser, sa du, hade sin taxa som var beroende av tiden det skulle ta för uppfyllande av hämmade önskningar.

Den psykologiska förvirring som grep mig av prislistans innebörd, såväl ditt absolut känslolösa bemötande sönderdelade mig helt. Beteendet i sig kännetecknade könshandelns karaktäristiska sätt vid utnyttjandet av mänskliga behov. Detta skulle ske på en rent professionell nivå. Det vill säga, avsluta det långa sökandet efter en bekräftelse av det förflutna.

När du stod framför mig fortfarande observerande, började jag så smått inse att någonstans hade jag gått vilse i spökjakten efter ungdomens vålnader. En jakt efter en värld av önsketänkande, där vi en gång samexisterat, men som för flera år sedan hade tagit slut.

Jag insåg plötsligt att min chimäriska förföljelse av mitt samvetes röst. Räddaren i nöden och anden i flaskan, var något som inte bara handlade om återförenande.

Jag lyckades ju med att återfinna dig.

Nej, detta handlade om ett sökande efter något bortom tingens värld, en naivistisk efterrättelse i dyrkans namn. En religiös övertygelse om att det finns mera. Parsifals sökande efter Graal i jakten på livets mening. Jag trodde att du kunde finnas liksom en livstrofé.

En garant för odödliggörande!

Uppenbarelsen löste upp känslomässiga band som till dess fanns, genom den idoga ansträngningen att hålla mig opåverkad av nuet. Fastbunden i en konstant relation med det förflutna som var lika långt borta som minnet av dig. Alla dessa spöken som hade nästlat sig in i min hemsökta hjärna under flera år skrattade nu öppet med ironi över min naivitet och tokeri.

Detta sökande efter en förvrängd verklighet gav mig ett handikapp mot sanningen, eftersom jag upptäckte tendensen att upprätthålla övertygelser som gynnar mina personliga intressen och mål. Var ligger min insiktens dopfunt och allt jag har glömt bort? Finns det något kvar av uppriktighet och andliga avsikter i mig? Mitt humanistiska manifest med frågor som håller mig sammanlänkad: Gud, död, identitet, kärlek, minne, barndom.

Jag förstod inte hur jag kom ut. Jag kände inte heller hur folkmassorna i hastigt förbipasserande knuffade mig åt sidan.

Plötsligt var jag på stranden som jag hade längtat till i flera år.

Alla mina sinnen hade släppt taget nu för att bevittna drömmen som bit för bit föll isär inom mig, och påskyndade återmonteringen av min nyvakna verklighet.

Stadens råa realitet hade förvandlat dig till det enda du kunde bli.
Ett rationalistiskt exemplar, som ledd av sitt syfte korrigerade sig
för assimilering i tidens tecken. Livets exklusiva kurtisan!

Jag kände ingenting av kontakten med det iskalla vattnet.

Jag hade upphört att existera för länge sedan, medan mina
kroppsdelar slaskade i det flytande elementet av egen maskin. Jag
var inte där och kunde inte se hur min kropp långsamt upplöstes i
dig.

Jag märkte inte när jag kom ut. Jag märkte inte ens hur jag äntligen
kom till staden. Jag kände inte mina medmänniskor som knuffade
mig på gatorna. Jag följe med alla mina syner, en nedrivande process
av hela min substantiella tillvaro.

Vägen till nuet var mödosamt och att vakna var smärtsamt.

Det ljusa himlavalvet som täckte staden med de runda husen
lyckades inte lätta upp den själsliga stämningen. Världsalltet
struntade i vad som försiggick i mänskligt psyke.

Trädet vars rötter jag hade somnat vid skakade lätt på sina löv och
välkomnade mig tillbaka.

Havet glittrade glatt av lugnet, och de små och stora fiskarnas
tidsfördriv.

Jag plockade ihop mina saker och begav mig hemåt. Innan jag kom
upp på kullen vände jag mig om för en sista avskedshälsning till
vyerna jag lämnade efter mig.

Skaror av stadshimlens fjäderbeklädda invånare hälsade tillbaka,
kvittrande och kraxande. En frisk vind krusade vattnet i den lilla
hamnen och några skimrande fiskar hoppade ur vattnet, glada i sin
lek.

Jag tog en djup andning och visslande vände jag ryggen till och gick
min väg.

Himlen i bakgrunden lyste fortfarande av det förtrollande ljuset.

Idag är det tolfte dagen jag håller pennan i mina händer.

Vad blev det av upplevelsens förskräckliga överraskning och djupaste förtvivlan? En slags religiös vördnad inför allt jag med all rätt upplevde som övernaturligt, ångesten, och tankarna om att jag håller på att bli galen?

Allt var borta, fortare än man skulle kunna tro. Så är människan funtad.

De hade rätt, de som sa att det inte finns någon tilldragelse, absolut inget, som det mänskliga sinnet inte kan smälta, eller med vördnad fabulera om. Kort därefter återgår man sakteliga till sina dagliga rutiner.

Vi tenderar att betona och välja information som bekräftar våra övertygelser, våra redan existerande föreställningar eller fördomar, samtidigt som vi undermedvetet ignorerar de som inte bekräftar eller ens motbevisar dem.

Jag har teorier för nästan varje aspekt av mitt liv, för mitt äktenskap, för minna vänner, för de styr världen, till och med för parlamentarisk demokrati. Jag behöver dessa antaganden eftersom jag hatar oförstånd.

Jag måste kunna förstå och förklara världen ju.

Tänk om jag har fel då? Jag är inte ensam och vill så gärna övertyga mig själv och andra om mina konstruktioner som bäst tjänar mitt intresse.

Min hjärna är konstruerad att söka överensstämmelser med omgivningen. Och ju mer andra håller med mig, desto mer tror jag att mina överensstämmelser är sanna.

Jag vill ju tillhöra en helhet, eller en delmängd. Därför måste jag offra alla annorlunda idéer bli omtyckt.

Det känns som att ett förståndets virus svävar över vår tid och resultaten är mycket lika de virus vi känner till. Detta virus får mig att verka felaktigt, vara besatt, och i slutändan agera mot mina närmaste, och oftast hoppas jag att mina frammanande drömbilder kommer att rädda mig. Få mig tillräckligt mogen för att läka.

Förträfflighetsveteraner

Det var fortfarande tidig morgon när jag vek av den stora vägen och steg in i den gammaldagskaffe som fanns i hörnet av den vackra sekelskiftens fyravåningshus. Jag minns att jag brukade komma hit under en period av mitt liv, och att varje gång jag var här såg stället olika för varje gång. Men det var samma ställe ändå.

Det som ledde mig hit var inte självaste kaffe, interiören, eller utsikten. Det var gästerna, särskild en grupp av dem och Jörgen som till hans ära kom jag hit idag.

Jag har följd gruppen länge och har sett dem under åren hur en efter en leds av sina steg till stadskaféet där de samlas dagligen. En morgonritual, där dem kommer för att njuta av morgonkaffet, och att uppdatera sig om de senaste nyheterna genom tidningsläsning. En del av de övriga gästerna blir störda, höjer ögonbrynen eller kastar knivskarpa blickar åt deras håll då deras röster, skrattet och fyndiga kommentar fyller lokalen. Deras socialiseringssätt ger dem en möjlighet att diskutera och reflektera över världshändelserna och dela med varandra sina egna slutsatser.

Ofta är dem tre till fem personer som samlas runt bordet, men ibland kan det vara så många som tio personer, och som nämnde tidigare är de högljudda nog att höras ända till trottoaren mittemot. Gruppen verkar vara ganska varierad när det gäller ålder, men medelåldern ligger någonstans mellan femtio och sextiofem år.

Ibland kan yngre och äldre personer också finnas där, även om barn definitivt inte är välkomna.

Dessutom sitter de inte alltid inomhus. När det är varmt nog och solen är uppe, så flyttar gruppen utomhus och sätter sig på kaféets hårda stolar med utsikt mot de förbipasserade som jäktar sig på väg till affärerna.

Jag ser Jörgen som dagens angenäma anledning att besöka dem idag. Den evigt flitiga akademikern som alltid kommer först och lämnar kaféet sist. Han är äldst i gruppen, ganska tystlåten för det mesta men börjar man prata politik eller om landets förfall då sparar han inte på sina adjektiv. Han har till och med reserverat ett bord speciellt för sina återkommande besök. En riktig stammis! Jörgen är mannen vars soffa många skulle vilja ligga på.

Speciellt nu när depressionen verkar påverka stressnivåerna och kontot.

När jag vaknade idag ekade fortfarande hans röst i mitt huvud. Jag hade drömt om honom, eller rättare sagt inte om just honom utan om en diskussion jag hade med någon som hade kunnat varit Jörgen.

Jag minns att jag försökte reda ut om psykoanalys är en vetenskap eller en popkultur som folk skulle betala dyrt för. Jag började fundera över begreppet psykoanalys. Var det en legitim vetenskap eller bara en populärkulturell trend? Betalar folk orimliga summor pengar för något som inte har någon verklig vetenskaplig uppbackning, har terapin egentligen någon verkan alls?

Som någon som gärna vill tro på den vetenskapliga metoden fann jag mig själv ifrågasätta psykoanalysens giltighet.

Å andra sidan inser jag vikten av mental hälsa och fördelarna med att prata med någon som kan hjälpa dig att bearbeta känslor och upplevelser. Kanske handlar psykoanalys mer om den terapeutiska relationen mellan patienten och terapeuten, snarare än de specifika tekniker och metoder som används. Oavsett om psykoanalys är en vetenskap eller inte, är Jörgens rykte som en skicklig terapeut obestridlig. Det är inte konstigt att många människor söker hans vägledning under de här stressiga tiderna. När jag fortsatte att tänka på Jörgen och hans patienter kunde jag inte låta bli att undra hur många av dem som sökte lindring från effekterna av den ekonomiska nedgången. När arbetslösheten stiger och den ekonomiska osäkerheten hotar, är det ingen överraskning att många människor inte klarar aritmetiken för både ekonomi och kognition.

Så, här var jag glad, finklädd och med några klottrande frågor i mitt lilla anteckningsblock. Sugen efter ett riktigt journalistiskt mästerverk till intervju.

Men till min besvikelse ville Jörgen inte sitta avsides med mig, utan han bjöd mig till deras bord så att hans kompisarna kunna vara med och lyssna. Eftersom jag var taggad och angelägen hade jag inget alternativ utan satte mig vid hans bord, och medan jag höll på att förbereda mig anlände två till av hans kaffevänner, Yannis och Josef.

Som jag har berättat kände jag hela gruppen sen tidigare, eftersom jag ofta valde att dricka mitt morgonkaffe just här, mest för bara deras skull eller rättare sagt för deras nyanserade babblande.

Yannis och Josef var alltså de sista av sällskapet som kom och satt sig med rykande kaffekoppar.

Jag måste säga att de är en riktig duo! Deras invandrarbakgrund har verkligen fört dessa män samman och skapat en fantastisk samhörighet. Det är som om de talar sitt eget hemliga språk. Jag kan inte låta bli att imponeras av hur de använder sina kulturella bakgrunder för att kläcka fram något unikt och inspirerande. Två förre detta nysvenskar som vet hur man får det bästa ur varandra - de är verkligen något speciellt!

Yannis kommer alltid först och Josef precis efter. Och vare sig det är ett skämt om grekisk visdom eller om tjeckisk öl, så vet de att de alltid kan räkna med att träffas vid bordet – precis i tid för lite skratt och vänskap.

Yannis, den före detta greken, är alltid omgiven av en aura av stolthet över sin gamla hemlandskultur och historia. Men han möter också det konstanta ifrågasättandet från sina kaffevänner som tvivlar på Greklands identitet i vår tid.

Josef å andra sidan, den färgstarka restaurangägaren med tjeckisk bakgrund, struntar fullständigt i vad andra tycker om honom. Han lever i nuet och tar vara på varje ögonblick utan att bry sig om fördomar eller åsikter från andra.

De övriga i sällskapet är en samling av både män och kvinnor i olika åldrar, samhällsklasser, och etniciteter som jag inte tänker rabbla upp nu med namn och härkomst.

- Ska vi börja? sa jag till Jörgen och plötsligt blev det tyst runt bordet. Jag skulle vilja att du pratar med mig om minnets roll i mänsklig identitet, i den mänskliga själen.

- Minnet, svarade Jörgen. En kärna av att vara, med flera tolkningsperspektiv och förlängningar. Vem är jag; Observatören? Berättaren? Vetenskapsmannen? Skötaren?

Vem är mannen jag var då och vem är jag nu? berättar Jörgen.

Utan minne är vi i okända vatten utan jaget, nedsänkta i intigheten. Minnet är vårt liv, vad vi gjorde och vad vi inte gjorde. Om jag inte kommer ihåg hur jag började och var jag kom till, vem är jag då? Hur annars ska jag planlägga min kommande handling och nästa? Som Buñuel sa en gång; "Man måste börja förlora sitt minne, för att inse att detta minne är det som definierar hela vårt liv. Vårt minne är vårt sammanhang, vår logik, vår handling, vår känsla. Utan det är vi inte vad vi vet."

– Så kan du ge mig en definition av vad minne är, frågade jag.

– Minnet är bindemedlet i vår identitet. Mycket kan förändras på ett enda ögonblick av vad vi tar för givet. Först då blir vi medvetna om det, och vill påminna oss om att allt kommer att gå bra, men i nästa ögonblick förändras något igen som kan vara viktigt eller obetydligt. Utan minnet kan du inte anpassa dig till nästa ögonblick, tillstånd, situation och så vidare.

- Vad är vi utan minne då?

- Jag önskar att jag visste suckade han, utan minne är vi i okända vatten i en förlust av jaget, i en fördjupning i tomheten.

- Med andra ord skulle vi säga att vi är vårt minne, eller..?

- På ett personligt plan blir vår perception av vardagen en terror eller en gåva, beroende på vilken relation vi skapar med något av vårt individuella minne. Det som definierar dig, det som får dig att le, det som gör dig ont, det som får dig att fortsätta. Visst är vi våra minnen. Kanske främst vårt eget minne. Men vi vet inte vad det är. Svaret på denna fråga är en av de största insatserna som neurovetenskapen står inför under vårt århundrade.

Jag böjde huvudet över mina anteckningar för att få någon form av sammanfattning om vad som hade sagts hittills.

Jag funderade på fortsättningen och kunde känna sällskapets intresse där de nyfiket följde mig med blicken. Jag lyfte huvudet och märkte att alla hade lagt tidningarna på bordet åt sidan och väntade på fortsättningen. Till och med Yannis som sällan hade något att säga iakttog mig med sin intensiva blick. En eller två log snällt och jag log tillbaka.

Till slut tog jag ett djupt andetag och frågade Jörgen:

– I vår tid då allt går i hög hastighet, finns det spelrum för att tänka på djupet och hålla våra minnen outplånliga?

– Idag lämnar det brådskande ofta ingen tid för det viktiga. Fragmenteringen av vår uppmärksamhet till tusen olika saker som orsakas av skärmar och telefoner låter oss inte uppmärksamma det väsentliga i vår minnet. Vi skapar istället digitala minnen så att andra kommer ihåg oss om vad vi gjorde för en sekund sedan. Det krävs en ordentlig kraftansträngning för att hitta tiden och kunna säga; mitt goda minne nu vill jag minnas, lugna ner mig, låta dofter, smaker och förnimmelser komma från centrum av mig.

- Kan minnet försvagas?

– Hjärnan tröttnar på att försöka åstadkomma allt som begärs av den varje dag, speciellt i dagens vardag. Hjärnan är inte den direkta skaparen av allt som händer, men bär ansvaret.

- Hur är minnet kopplat till historia?

– Historia är minnet. Det kan inte finnas någon historia, en uppteckning av vårt gemensamma förflutna, utan vårt individuella och kollektiva minne. Det är kärnan i vår kollektiva identitet.

Jag hade fått ut det mesta av mina funderingar som jag grubblat på länge.

Förvisso hade hela denna frågestund egentligen bara handlat om mig och inget annat. Om allt som fanns i min hjärna, inbakat i mina celler och arvsmassa. Det som upptar mitt medvetna och undermedvetna, och håller mig fjättrat med svårhanterliga erinringar och störande minnesbilder.

- Hur är det? Du ser blek ut, skrämde jag dig med mina svar? böjde sig Jörgen viskande fram mot mig.
- Det är ingen fara, sa jag, och tvingade fram ett halvt leende. Jag tänkte på mina funderingar och grunden till den här frågestunden förstår du. Jag är uppväxt i två kulturer och ofta känns det som att jag ibland ränner runt rätt vilsen emellan dem.
- Kultur är främst minne ska du vet. När dina kulturgrunder blir osammanhängande gör minnet också det. Detta är en av de skrämmande saker som händer med globaliseringen och de snabba förändringarna som sker i världen. Olika kulturer försvinner och tillsammans med dem förståndet. Att minnas minnesvärda händelser är en extremt viktig process, ett tillförlitligt verktyg som kan stimulera livslusten och som är förskjuten på grund av olika omständigheter i vårt dagliga liv.
- Jag upplever mig själv som att jag består av två förnimmelse-intellekt. Det ena som är min egen skapelse, uppmanar mig att sträva efter ordning, omedelbarhet, mitt mål i livet. Men den andra som förmodligen också tillhör mig, upplever jag som främmande och uppmanande. Den ger mig konflikter, tvivel och förtvivlan.
- Hm… jag vågar säga att just den andra är av större intresse, och den är den som du bör arbeta med sa Jörgen, och såg på mig med sin klara blick.

Hans vänner som satt runt bordet var fortfarande tysta och följde samtalet.

- Är vi ett resultat av landets, vad säger jag, världens krisartade tillstånd, eller sjuknar vi på grund av vår dödsångest? undrade jag.

- Onekligen är den största orsaken till mänskligt elände eländiga relationer med andra människor, bedrivna under eländiga förhållanden. Psykisk ohälsa är inte en genetiskt förutbestämd sjukdom i hjärnan utan en reaktion på obehagliga livshändelser. Rädsla och panik har segrat i våra liv. Rädslan för den sänkta livsstandarden, om ett annalkande världstillstånd, miljöförstöring med mera. Men få vuxna dör i vår del av världen på grund av psykiska problem som en ekonomisk kris skapar. Man är upprörd, man skriker, strejkar, eller dämpar sin oro med psykofarmaka, men inget mer. På samma sätt, som i tider av stor ekonomisk stress, då det ekonomiska blir en prioritet minskar de mentala reaktionerna. Däremot är depression en inre händelse.

- Påverkar den nuvarande situationen folkets underlägsenhet vs överlägsenhetskomplex gentemot utlänningar?

- Det är en bra fråga. Vi måste förstå folkets historia igenom alla krig, farsoter och framåt. Oavsett vad som verkar, är vi ett omoget folk med starka tendenser till paranoia, och med överskattad självkänsla som i grund och botten oftast är låg. Detta får oss att hela tiden behöva försvara oss, eftersom vi antingen känner oss mindervärdiga eller överdrivet överlägsna, och nästan allt beror på oss själva. Det ser man tydligt genom samhällsklyftorna och på bemötandet av de som är olika oss.

Det sista märker man mera av idag än för bara några decennier sen. Vinna och orkeslöshet är signifikanta tecken av vår tid.

- Är vi i tillbakagång till åren då det nödvändiga var det som önskades? Idag lever vi intensivt och det önskvärda blev en nödvändighet, vad tycker du om det?

- Det är reklamens och marknadskrafternas effekt.

Det vill säga deras påfrestande strävan att fylla luckorna som finns hos människor av religiösa, ideologiska och vilseledande tänkande med konsumtions-produkter. Om du har en fin bil och en villa mår du bra. Vi har blivit bortskämda. I flera år hade vi haft en övertygelse om att här, hos oss är vi trygga och välbärgade.

Nu har staten pengar, men inte folket. Alla blev vi utnyttjade. Från folket till lokalpolitikerna. Det är svårt att ändra det. Vi har alltid haft önskningar, men vi förblir omogna. Mognad är inte att se vad som önskas, utan vad som är utförbart.

- Kan psykoanalysen påverka de behov som uppstår i ett samhälle?

- Psykoanalysen är ett sätt att se saker över tid, att förstå människan och studera omedvetna motiv. De sociala förhållandena har förändrats och varje förändring har sina konsekvenser.

- Är det månntro det moderna sättet att leva, överflödets tidsålder, som har lyft fram psykoanalysen?

- Nej, nej. Människan är ett djur som har utvecklat en liten del av sin hjärna och som hela tiden försöker förstå var den kommer ifrån, vart den tar vägen och vad livet är. Med religion och politik försöker man förstå det ogripbara i samhällets struktur. Människan har alltid haft problem. Det är en smärtsam process.

Psykoanalys är inte ett botemedel, utan en vetenskap som försöker förstå människan. Vad är konst? Varför gör vi krig? Vad är människans historiska bana?

- Det må vara vetenskap, men det har också kommit att bli en av de största popkulturerna genom tiderna, eller hur? lade jag till.

- Jag kan inte hålla med om det. Som jag sagt har alla människor problem. Det finns ingen helt frisk. En stor psykoanalytiker sa att för att rädda världen måste alla psykoanalyseras. Det här är inte möjligt. Förutom klasskillnader finns det också extrema mentala tillstånd.

- Är det därför människor har svårt att leva i ett förhållande?

- Att megaparten av parförhållanden dör i äktenskapet betyder att de har ett problem inom sig. Precis som man tränar och gynnar sin kropp, så skulle man kunna gynna sitt liv om man gjorde någon form av psykoanalys. Det har föreslagits lektioner i samlevnad på skolor i flera år utan att det har blivit lyssnats på.

Han tog en paus och drack lite ur sin kaffekopp. Jag såg mig runt på hans vänner som med intresse följde vårt samtal. Det märktes att de gärna ville delta men av respekt för Jörgens kunskap i ämnet nöjde de sig med att lyssna.

- För att svara på det du frågade mig, tog Jörgen ordet igen, kan jag säga att man ger mycket pengar för att följa strömmen. Men inte för att man har kognitiva problem som man måste ta itu med.

- Så bara de rika kommer du att rädda? skämtade jag.

- Om du vill träna på gym betalar du mycket. För att få nya och fina kläder gör du likadant. Det finns ingen jämlikhet i världen. Någon är lång, en annan kort, en annan smart, en annan snygg, och en annan rik. Vissa saker är till för de rika, eller för de som gör prioriteringar. Vad jag däremot skulle stödja är samlevnadslektioner i skolor.

- Förblir den heliga familjestrukturen samhällets kärna?

- Visst är det förändrat, eftersom förutsättningarna i samhället också har förändrats. Feminismen har medfört en stor förändring.

Sättet barnen kommer till världen och uppfostras på är annorlunda idag. Familjestrukturen har bättre förutsättningar än den hade förr. Det brukade vara hemskt.

Ett av de värsta mönstren av en samtillvaro är patriarkatet, barnen uppfostrades med agg, utan tid för ömhet. Då hade den androgyna relationen en praktisk funktion i samhället, naturligtvis med undantag där parterna älskade varandra.

Detta var den "heliga familjen". I dag gör makarna nästan allt i samråd, därför är det också lättare att gå skilda vägar. Man accepterar inte ett förhållande som inte är tillfredsställande. Bland dagens negativa företeelser är kvinnans arbete under de första åren av barnets liv. Mamman, och detta har bevisats, behöver vara nära och hos sitt barn under det första året.

- Jag har hört dig hävda att man inte älskar utan bara blir kär?
- Det är en fras som har reproducerats mycket. Kärlek är en varierad känsla. En form av kärlek är när du letar efter den mamman eller den far du inte hade. Du hittar en kvinna eller man, idealiserar och när du ser att personen inte är vad du ville, driver du bort den. Detta är passionerad kärlek. Det här har inget med den riktiga kärleken att göra. Den är narcissistiskt. Kärlek kräver beständighet och är direkt relaterad till den kärlek som din mamma måste visa dig under de första åren av ditt liv. Om du accepterar det, då kan du älska och bli älskad. Det är en färdighet som håller på att försvinna. I begär finns ingen kärlek.
- Om vad psykoanalyseras det idag som mest?
- Av olika anledningar. Mer stress. Kvinnor vanligtvis för relationer. Män främst för aggression, ångest och sexuella problem.

Den nya generationen har många sexuella problem eftersom de inte har sex. Det finns alltid unga människor som klagar på att "det är bara någon gång…".

- Varför vill inte kvinnor ha män som förr?

- För att de är mer känslomässiga. Kvinnor är inte lika polygama som män. Mannen tycker att han måste av naturen följa med många honor för att vara säker på att han har säkrat sin "odödlighet". Det ligger i hans gener.

Kvinnor upplever "odödlighet" när de blir gravida. Män förstår inte detta. Om du tittar på naturen och inte på det mänskliga samhället, accepteras sex när honorna är i brunst.

Mäns dröm är en "snabbis", medan kvinnor undermedvetet vill ha samhörighet och någon som älskar dem.

- Tillämpar du allt du förmodas veta på dig själv? Lever du det perfekta livet?

- För att bli psykoanalytiker måste du göra psykoanalys alla år, fem gånger i veckan. Detta leder till att du lär känna dig själv bättre. Utöver det är allt mänskligt. En läkare vet att snabbmat inte är hälsosamt, men äter det.

- Kommer du ofta i konflikt med andra?

- En relation har inslag av motstöt, kärlek, och förståelse. En frisk människa bråkar inte med andra då man kan förklara. Jag får ofta höra "du älskar mig inte, medan jag gör allt för dig". Kärlek är inget man kan kohandla.

Jag log mot honom och han log tillbaka. Sen skrattade han och med ens skrattade hans vänner i kör.

Jag följde med i skrattet och passade på att läppja lite av min kallnande kaffe. Sen sträckte jag på benen för att minska spänningen i ryggen.

Från kaféets ytterdörr, som står vidöppen, kommer ägarens vackra dotter ut. En ung kvinna med blond piskande hästsvans som rör sig med elegans både mellan stammisarna, och de övriga gästerna som sitter utspridda på den lummiga terrassen.

Hon serverar beställningarna och slänger ett och annat ord till stammisarna, som vid det här laget har slutat prata eller läsa, och följer med ögonen hennes ungdomliga gång, eller svarar glatt på hennes hjärtliga hälsning.

Kaféet besöks av milleniers också. Man ser de ofta sitta som par eller ensamma vid ett bord länge, utan att byta ett enda ord eftersom båda är helt uppslukade av sina telefonapparater som omsorgsfull och krampaktig håller i sina händer.

- Mobiltelefonen har ersatt klocka, kamera, kalender och väckarklocka. Låt det inte ersätta er familj också mumlade Jörgen tyst.

Tiden då par, vänner och grupper skrattade, sörjde, uttryckte sig allmänt offentligt, pratade med varandra, eller kände varandra fysiskt, verkar vara ett minne blott. Relationer skapas fort, varar en kort tid, och slutar med ett meddelande eller e-mail, utan att ibland har de hunnit mötas i verkligheten.

Till stor del lever de flesta i en virtuell verklighet, sa Jörgen utan minsta dömandet i rösten.

- Vet ni hur de kom på att vi behöver en artificiell intelligens för att vår art ska komma igenom stagnationen i tänkandet som råder i vår tid?

Alla såg på honom tysta och väntade på hans avslöjandet.

- Ja för att de inte kunna bota stupiditeten som håller på att helt fördumma västvärldens befolkning, skrattade Max.

- Min vän Lena är en av de få som jag fortfarande pratar med i telefon. Hon ringde igår för att önska mig grattis på födelsedagen. Trots att hon hade tagit fel på dag, tyckte jag att det var trevligare att bli uppringd än att bli grattat genom livechatten. Vi är båda i den åldern då man går upp för att göra något och automatiskt glömmer man bort det. Sedan rör man sig som en detektiv runt i huset och letar efter något som kan hjälpa en att minnas.

Så har vi blivit, jag och Lena alltså, suckade Britta, en äldre dam som en gång var jazzsångerska och numera kafégängets enda kvinnliga medlem för det här tillfälle.

- Nästan alla föredrar att skicka ett sms eller hälsning genom sociala medier nuförtiden svarade Josef till henne. Kanske om några år kommer ingen att höra av sig länge. Jag tycker att trots att vi är förbipasserande i varandras liv, det minsta vi kan göra är att vi gör det fysiskt och med anständiga avgångar.

- Varje tidsperiod har haft, har, och kommer att ha sina egna sätt för att sällskapa och kommunicera, svarade Yannis.

- Vi växte upp i en annan tid och lyckades få en verkligt oförglömlig ungdom. Vi hade vänner, bekanta, stora kärlekar, fester, danser, utflykter. Egentligen levde vi upp alla perioder av våra liv, sa Brita. Idag lever vi i en tid där alla kan veta allt om dig utan att de känner dig personligen.

- De yngre kallar oss dinosaurier och använder helt nya kommunikationskoder. Koder som vi inte känner till. Vi ska inte kritisera dem, och inte döma dem heller för att de tillhör en annan generation än vår. Jag skulle ville säga till dem att se till att leva sina liv på det sätt som gör dem glada och lyckliga, för ungdomen försvinner snabbt, tillsammans med livet själv, sa Josef och läppjade på sin kopp med halvkallt kaffe.

- De har gjort sig ett problem för sig själva, och det är det som är deras svaghet. Självhävdande människor som bär tiden på sig, i sig, på handleden, och i mobiltelefonens skärm, sa Max, en annan gråhårig man som var på väg att sätta sig, och kunde inte låta bli att unna dem sin mening.

Jag säger det, då telefonen var kabelbunden var folk friare.

Samtalet avbröts av en ny röst som kom dundrade från ett fyrkantigt bord en bit därifrån.

- Jag håller med er, trots att jag inte tillhör er generation. Utvecklingen av kommunikationsteknik, särskilt mobiltelefoner och internet, krymper vårt privata utrymme och snabbar upp livets takt. Detta är vad vi är. Vi bygger stora hus men familjerna blir mindre, vi åkte till månen men hittar inte vägen till våra vänner. Vi utforskar rymden och samtidig håller vi på att förstöra vår planet. Vi äger mer kunskap än aldrig tidigare men saknar omdöme. Våra tillhörigheter ökar men våra värderingar minskar. Vi har bredare vägar och slankare föreställningar. Vi har mer tekniska hjälpmedel men mindre tid. Vi blir kära i mindre omfattning, och ogillar oftare.

Vi har skyltfönstren packade med varor, men våra själsförråd är öde och tomma. Vi lever längre men våra liv saknar livlighet.

Vad säger ni om det? Resultaten är att kommersialiseringen av livet har gjort samhället, och var och en av oss att leva i en ständig konkurrens varande.

Vännerna glodde på den framfusiga främlingen och Jörgen vände sig mot honom och sa med en viss förbryllad röst:

- Ursäkta, men vad säger du?

- Kära nån! Är du från kyrka? frågade Britta nyfiket.

- Jag pratar om avsättningens logik, det är det jag säger. Den rör inte bara de styrandes ideologi utan har nu blivit universell, förstår ni. Denna logik använder vi inte bara för arbete och när vi handlar, utan också för vårt innersta, våra mest personliga relationer. Och detta är ett problem.

Vår tids dramatik är att dess framsteg inte ligger i händerna på insiktsfulla människor utan på specialister, som saknar djup.

- Kära nån, men vi är fortfarande sociala djur, eller hur? Vi har fortfarande många friska relationer, svarade Britta honom.

- Jag pratar om den saknade livskvalitet. Relationer kan vara mer kosmopolitiska nu, men de blir alltmer ytliga och tillfälliga. Det sociala livet imiterar kommersens rytmer och egenskaper, genmälte han tillbaka.

Vännerna runt bordet tittade på varandra i samförstånd. Skulle de gå in i en sådan samhällspolitisk debatt som oftast inte ger några svar men lämnar en i ett "vem har rätt och fel".

- Visst har vi tappat tråden och oftast vet inte vad vi vill.

När vi vet det och får det som vi vill, vill vi inte ha det längre, om vi ångrar oss vara för sent, sa Yannis i luften, och skakade sitt grekiska huvud.

- Lycklig är den som fokuserar på det han har och olycklig är den som fokuserar på det han inte har!!! Svarade Britta till honom.

- Är det något du vet, som vi inte vet, och vill du att vi ska också veta det? Sa Yannis skojfrisk till henne och sedan vände han sig mot debattören.

- Eller är det kanske du som vill upplysa oss om något som du vet.

- Inte vet jag något ni inte redan vet, jag råkade höra era resonemang och tyckte att det var intressant med engagerade medborgare.

- Är du inblandad i något sorts politiskt parti eller aktivist? undrade Jörgen misstänksamt.

- Ah lägg av, vill man föra en diskussion med sina bordsgrannar behöver inte det betyda att man har något i kikaren, och att alla bör akta sig.

- Alla vet om något som har gått snett, och säger att det är slut på allt som är bra. Men ingen berättar för oss när de dåliga företeelserna tar slut och de roliga börjar, klämde Max fram.

Vännerna återgick till sitt. Drack kaffe, granskade tidningens rubriker eller bara blundade mot solens varma strålar.

Ägarens dotter kom ut igen för att servera beställningar och alla lyfte på huvuden för att följa henne med blicken till borden och tillbaka in i kaféet. Tystnaden bröts av Josef som till dess inte hade hunnit säga mycket. Med en häftig gest mot tidningen han höll på att läsa sa han:

- I den här blaskan påstås att förändring är djupt förankrad i vårt samhälle och att det är synonymt med framsteg.

Redaktören hävdar att alla regeringar upprepade gånger har förkunnat det, och många människor anammat det som sin livsfilosofi.

- Detta är nonsens. Förändring är inte alltid bra och man ser det överallt, hur illa allt sköts och hur människor är mindre lyckliga än tidigare. Detta tyder på obehag av samhällets snabba vändningar. Alla pratar om hur rädda och oförmögna att koncentrera oss är vi, och kan inte fokusera. Våra tankar vandrar oroliga från den ena informationen till den andra. Vi tittar på nyheterna som om någon hade påtvingat oss det, samtidigt som vi önskar att vi hade undvikit tittandet.

Det är svårt för oss att somna och även när detta händer vaknar vi upp i panik med hypokondriska symtom.

Sedan tycker vi synd om oss för vår lidande, sa Jörgen halvirriterat. Det stör mig inte att de ljuger för mig, det stör mig att de förväntar sig att jag ska tro dem.

- I väntan på att förhållandena bli mogna, ruttnar förhoppningar sa Yannis filosofisk. Vi lever i en containerkultur som nedvärderar substansen.

- Jag kom på något som Aldous Huxley hade skrivit sa Josef: att den perfekta diktaturen kommer att ha en demokratiutseende. Ett fängelse utan murar som de intagna inte skulle drömma om att fly ifrån. Det skulle vara ett system av slaveri där redskapen genom konsumtion och underhållning skulle älska sin tjänande.

- De som tror att vi lever i en demokrati för att man ha rösträtt, påminner mig om en vän som trodde att han var välbärgad för att han bodde i en förnäm kvarter sa Max. Han tog en paus för att höra om någon ville lägga någon kommentar, sen sa han:
Det dåliga är att vi går åt helvete. Men det värsta är att vi filmar fördärvande med vår mobiltelefon.

- Vi lever i en värld där begravningen är viktigare än de döda, bröllopet än kärleken och utseendet än sinnet, fyllde Britta dystert.

Tystnaden lägger sig runt bordet och det verkar som allas tankar flyger omkring som slöa humlor runt en överfylld av blomnektar äng.

- Har ni märkt hur denna känsla av hjälplöshet förvandlas till ett okontrollerbart raseri för allt som händer, och för det som inte händer? För allt som är ineffektivt, oärligt eller oansvarigt, sa Max och vikte ihop tidningen, som till dess håll han på att skumma igenom rubrikerna.

Vi är fångade i våra åsikter, konventioner, fördomar, och övertygelser i den värld vi har skapat.

Rädsla och tvivel definierar våra liv och samtidigt tror vi att vi ensamma besitter sanningen.

- Någon sa att orsaken är den ekonomiska chockteorin som skapades för att framkalla en känsla av otrygghet, och psykisk stress i befolkningen så att alla politiska och ekonomiska beslut kunde accepteras.

- Låt oss inte döma vår tid medan vi inte vet vår egen framtid. Om mänskligheten har misslyckats ta hit dinosaurierna då, slängde Yannis ut på sitt obegripliga invandrar sätt.

Efter Yannis obegripliga slutsummering av meningsutbyte blev det tyst. Jag passade på att kolla runt och betrakta de övriga gästerna som satt på kaféets uteplats och njöt av sitt morgonkaffe.

Några ungdomar satt orörliga med sina mobiler i handen och jag fick stor lust att checka om de fortfarande var vid liv.

De övriga gästerna följde med halvintresserade blick de häktade förbipasserade som var på väg någonstans.

Trafiken var som vanlig ganska kaotisk redan, och en hel del körde omkring i letade efter parkeringsplats, eller för att lasta och avlasta varor eller sina medpassagerare.

Jag återgick till mitt favoritsällskap, jag var ju där för deras skull och ville inte missa något av deras babblande.

- Vilken underbar dag, vad vackert är allt så här dags på förmiddag. Jag är säkert att allt ska gå jättebra idag sa Britta. Sedan såg hon misstänksamt på sin kopp och blinkade åt sina bordskamrater. Vad är det i kaffet idag.

Alla skrattade på hennes avspegling till kittet i deras kaffe och en del tog fram sin kaffekopp för att lukta på det.

- Du vet inte hur vacker du blir när du pratar om saker du älskar, sa Jörgen till henne och kramade hennes åldrande handrygg.

- Britta, du som har varit med så mycket, turnerat i hela landet med många kändisar, har du… förutom med din man har du sovit med någon främmande man?

- Hej hallå där, hi, hi, skrattade Britta. Om du tror du att den främmande mannen låter dig sova har du fel min vän. När jag var 20 år gjorde jag många tokigheter, i 40-årsåldern försökte jag skärpa mig, och efter jag hade fyllt 60 förstår jag att jag inte hade gjort tillräcklig. Män är som snö: man vet aldrig när det kommer, hur många centimeter det blir och hur länge det håller!

- Alla i uteserveringen skrattade, till och med ungdomarna lyfte på sina huvud och log åt henne.

- Det ideala paret är cikador, hanen är döv och honan är stum, sa Yannis.

- Till hälsan för dem som älskar oss, till dårarna som hade men förlorat oss, och till de lyckliga som en dag möter oss. När du hittar någon, vände hon sig till Yannis, som gör dig glad och du kan både prata med och lyssna, tappa inte bort den. Det finns inte många ska du veta.

- Lycklig kan man bli om man fokuserar på det man har, och olycklig om man fokuserar på det man saknar! Sa Jörgen igen bestämt.

Servitrisen, ägarens tilldragande dotter kom ut, och var på väg till ett bord där 3 unga kvinnor hade nyss satt sig. Väl fram hälsade hon vänlig till dem och frågade efter deras beställning.

Notera att de flesta av kunderna hämtar själva sin kaffe men "de är nya här" tänkte jag, och följde fortsättningen.

- En kopp kaffe tack och utan mjölk sa en av dem. Halv tesked råsocker och bara halv kopp med kaffe, resten ska fyllas med kranvatten! Servitrisen stirrade på henne mållös.

- *A cup of coffee please, without milk. Only half a teaspoon sugar, and only half a cup with coffee, the rest should be filled with tap water* säger kvinnan igen långsammare och ler vänlig till servitrisen.

Jag märker att servitrisen har fått kortslutning och bara stirrar på den leende kvinnan, men snart kommer hon igång igen och sa:

- Vill du gå till baren och lägga din beställning där så att det inte blir något fel? Och vänt sig till de övriga i sällskapet. Medan resten av sällskapen lämnar sin beställning reser kvinnan med den konstiga beställningen upp och riktar sina steg in till kafé.

Och just då hör jag mina favoritgubbar som sätter igång med sina reflektioner över händelse. Nu var de igång igen! Det här var den näst bästa del jag älskade att få vara med och lyssna.

Andra gubbar sitter och snackar om fotboll eller sport i övrig i timmar, de här blir hänryckta av politiska oförrätter.

- När jag fortfarande jobbade, kom min servitör tillbaka med en kycklingrätt han hade serverat, och sa att kunden ville ha den välstekt.

Jag satt den i mikrovågen i tre hela minuter och sen brände jag den ordentlig på grillen.

När han kom tillbaka senare berättade han att killen insisterade på att tacka mig för att det var den bästa kyckling han någonsin ätit. Kunden alltid har rätt, skrattade Josef.

- Det värsta är att jag inte blir förvånad längre, hörde jag Max att säga.

- Det är inte vi som är annorlunda, det är tiden vi lever som är annorlunda och det berör dig inte, sa Britta till honom.

Det som är bra i min ålder är att jag inte behöver bevisa något, egentligen bryr mig inte heller för det.

- Decennier av *easy living* har skapat en komplicerad värld och ofullkomliga personligheter sa Yannis. Jag har delat världen i två kategorier: till dem som lever med ett problem och dem som själva är problemet.

- Klaga inte på världen. Glöm inte att det var vi som skapade den, ok? Ok kanske var inte du och jag, men vår generation bidrog till det vi upplever idag, sa Josef.

- Jag vet inte... sa Yannis osäker. När jag ser någon halvlärd besittare av någon obestridlig sanning eller ny attityd som hittades på nätet undrar jag: är det möjligt att han eller hon är just den spermien som vann loppet? Jag skulle inte bli förvånad om intelligens blir olaglig förklarat, eftersom det förolämpar freakens sinne.

- Faktum att maneter överlevde 650 miljoner år utan hjärna är inte särskilt lovande för vår art, skrattade Max.

- Tvärtom, det är politisk korrekt om vi bestämmer att majoriteten nästan alltid är dum, eftersom den med nödvändighet kan följa principen om uppvisning av ett intellektuellt eftertryck sa Yannis. Inget annat än lättja, prata omkull andra, inkompetens och likriktning. Alla dessa ord alltid ledder på samma sak, den gamla principen om enfaldighet. Idioterna vinner nästan alltid på grund av deras naturlig böjelse för allt som representerar dem, medan du och jag kämpar att pressa hjärnan för att manifestera någon konstruktiv reaktion.

Men deras naturliga enfaldighet kommer alltid att ha övertaget, ett faktum lika oöverstigligt som naturen själv är.

Vännerna smålog åt hans kommentar och några som satt bakom deras bord skrattade högt, en till och med applåderade för Yannis ord. Men han lyfte händerna för att lugna omgivningen, och sa att det var någon italienare som hade skrivit eller sagt vad han försökte imponera med. Mera skratt och ännu mera applåd följde hans erkännande.

Det märktes att diskussionens gång hade ebbat ut, det vill säga blev inte als uppmuntrade utan nya samtalsämne, och alla satt tysta en stund och tittade på de förbipasserande.

Men det dröjde inte längre innan en ny händelse väckte vännernas intresse med några kommentarer till följe. Ett par gick hastig förbi, och plötsligt tog sig kvinnan vid bröstet. Mannen böjde sig oroligt mot henne men hon avfärdade hans oro med handen, och drog några djupa andetag. Sen fortsatt de sin uppjagade väg mot affären som låg bredvid kafé.

- Jag tycker att det inte är rätt att varje år bli vi bara äldre, tog Britta orden. Säg mig, ser era bekanta också äldre ut, medan vi håller oss unga och spensliga, eller är det bara vi de enda som inte gör det?

- Det är kärlek till sig själv som gör det. Att se sig varje dag på spegeln och se sig som om för första gången, sa Jörgen ömsint till henne.

- Det är Alzheimers, bröder, retades Yannis glad.

Alla såg förvånad på Yannis och när han beredde han sig att fortsätta, vinkade Josef med huvud till honom att låta att bli det.

- Jag måste avslöja till er mina vänner att jag saknar någon som kan
få mig att skratta, eftersom att göra mig ledsen kan många. Någon
som håller min hand på det sättet man håller ett barns...!
Som då när jag var älskad och man var rädd att förlora mig,
fortsatt Britta med en suck, och hon vände sig mot de
förbipasserade.
- Vi är svaga, sköra, sårbara och beroende. Alla! Det är vad vi är.
Alltet kan överväldiga oss, och ett litet virus kan förstöra oss. Fast
universum är likgiltigt om oss och till viruset har vi vaccinet. Det
enda som är säkert i det hela är att vi är dödliga.
Jag säger det så att ni vet, när jag dör ska stå på min gravsten: jag
ville inte hit, man fick mig hit, suckade Yannis för sig själv.
- Ha, ha, det ska vi. Fast vi kan inte lova dig det eftersom ingen vet
vem ska dit först, sa Jörgen. Så gäller vad du sa tidigare, jag vet inte
om du har rätt. Vi bevittnar en era av oöverträffade tektoniska
förändringar i mänskligt välbefinnande, i den globala ekonomin
och på miljön. Vi är på väg mot en snabb utveckling som påverkar
allt som händer omkring oss, men jag kan hålla om att ofta verkar
okontrollerbar. Jag tror att vi lever i det stora okändas period.
Vi lever i en tid som domineras av det oberäknade, det
oförutsedda och det plötsliga. Vi lever varje dag som om vi
förväntar det oväntade.
- Ja, eller hur? Hälsosystemet och vår välfärdsberedskap var på topp,
och fullt förberett sa dem, tills sjukdomarna kom, sa Josef.
- Jag hoppas att de sprejar oss med något trots allt. Jag vill inte tro
att vi är så här av egen maskin, skrattade Yannis.

Ingen av vännerna hann kommentera vidare för att grannbordets
okända mannen snodde orden.

- Många hävdar att media förser oss med mycket kunskap. Problemet är att det vi lär oss av media om samhället har lite att göra med våra vardagliga upplevelser.

Vårt samhälle har gått mot en tonårsmonokultur som föraktar ålder och erfarenhet. Om många inser att det som händer är ohälsosamt, kan vi kanske återfå en del av vår förstörda hälsa.

Jag delar inte mina tankar för att ändra någons åsikt fortsatt han. Jag pratar med er för att klargöra till människor som tänker, att inte är de enda som gör det.

Han väntade en stund på respons från det runda bordets vänner som nyfiket tittade på honom och sen sa han: Jag är i den åldern som jag sprängs om jag inte säger min mening men jag har en fråga till er och jag lovar att inte störa er igen: lever ni som ni vill, eller som ni måste?

- Ursäkta oss medborgare, svarade Jörgen. Vi är så vana vid tokstollar så när någon begåvad person dyker upp, automatisk förklaras som amatör. Precis som man alltid gör när man påträffar på något äkta. På din fråga har jag tyvärr inget svar eller jag skulle kunna säga att vi är som vi förstår.

- Heej, det här var den gamle greken *Empedokles* som hade sagt det, utbrast Yannis.

Kvinnan som hade lyckats med att skapa blockering på vår servitris kom ut, och gick till bordet där hennes väninnor satt.

… ja det är mycket med katter, avslutade den äldsta av dem, på något de pratade om.

- Du hade också en katt Jenny eller hur? lever hon fortfarande?

- En Birma, svarade den unga kvinnan med utländska accent. Hon dog förra året, åtta år gammal.

- Oh stakaren! Sa hon tröstande till sin väninna.

- Hon var sjuk längre så det var lika bra. Men det var inte lätt, ja, jag menar… vi var tvungna att avliva henne, det var mycket sörj ska ni veta…

- Ja så er det… jaa…ush.

- Oh, det är dags att gå, sa den äldsta kvinnan, synd att jag inte kan stanna längre.

- Joho! Hoppas att bli bra, har du ångest?

- Nä nej…jo, eller…

- Vilken tandläkare går du?

- Tandläkarhuset här ner.

- Joho, ok, ja. Är de bra?

- Visst kan man klaga på ett och annat, men jag vet inte. De gör det de ska göra. Jag har inga egna tänder kvar det är bara plast i hela munnen, och det har blivit för hård, protesen alltså, så det ligger och skadar tandköttet. de kommer att slippa den bara…

- Nä men titta vem som kommer där… är det inte Maya? blev hon avbruten av den tredje kvinnan som satt tyst till dess.

Vad tj… rund menar jag har hon blivit. Går hon på någon medicinering eller…

Jag gick tillbaka till de fem vännernas bord och precis när jag skulle återkoppla mig på deras konversation hördes dunkade musik som närmade sig stället.

Med världens fart och extremt högt dunkande musik dök en stadsjeep upp, och tvärbromsade vid trottoaren mittemot kaféet där sällskapet och de övriga gästerna satt. Alla lyfte förvånade på sina huvuden och en och annan kastade giftiga blickar mot bilen.

Bilmotorn och musiken stängdes av och en ung kille rusande ur bilen för att snabbt försvinna in i tobaksaffären mittemot.

Men ingen hann säga något, för lika fort kom killen tillbaka, och med en uppjagad mans min startade han bilen och den dunkade musiken.

På något obegripligt sätt märkte han allas blickar som var vända mot honom och han flinade fräckt.

- Vän, hej hello! Var försiktig du. Bilen blir ett vapen i en dårens händer, ropade Yannis.

- Antingen har jag slut på tålamod... eller så har idioterna ökat. Synd att återvinning inte gäller människor. Det finns så mycket skräp här ute. De säger att livet är för kort för att hysa agg... Jag skulle säga att det är för kort för att tolerera allt, fyllde Josef med.

Kilen gasade på så att motorn vrålade på högt varv, och med en rakets fart försvann han.

- För de galna har vi sinnessjukhuset, för de sjuka finns sjukhuset och för det kriminella fängelset. Tyvärr finns det ingen plats för bara dårar, det är därför är de överallt och de kan beter sig som de vill, sa Jörgen.

Ingen sa något, men en och annan skakade på huvudet, och så småningom återkom lugnet på uteserveringen.

- Jag tror att vi har varit på flykt sedan längre, sa plötsligt Max bekymrad.

. Vi föds genom att bryta oss loss från vår moders mage, och vi kämpar för att överleva undan rötan och döden. Vi lär oss dölja vår smärta, och trots att dödens inslag finns i överflöd i kommersiell media, är smärtan fråntagen i rapportering av skvaller och väderrapporter. Döden är klinisk och rationellt förklarad.

- Döden, det absoluta, det definitiva slutet. Oavsett hur du klär, eller klär av, skulle man också säga att om döden kan man inte göra annat än att sörja, sa Jörgen med filosofisk ton i rösten.

- Vad säger ni om nära döden uttrycket? Själv tycker jag att den har en fruktansvärd kulm. Ett hårstrå bort livet, ett därifrån lika med noll, emellan det allt. Och ju mer levande, livlig, dynamisk människan har varit, desto mer oförståelig är ens bortgång. Även en enkel varning om döden gör en förbittrad, sa Britta då.

- Vår store filosof Epikuros sa med rätta: "Döden är ingenting för mig. För när jag finns är döden borta, och när döden kommer finns jag inte, så varför ska jag oroa mig nu om den? sa Yannis.

- Ha, det var bra. Jag borde läsa mera av honom, skrattade Britta.

- Jag minns när vi var tonåringar. På väg hem skrek vi odödlighetens sånger som alltid slutade med: "Vi kommer aldrig dö! " Min pappa brukade säga till mig: Mitt barn, det vi äger är inte mycket. Så ta till vara på det lilla du har, njut av det, och ha det skönt. Jag försöker alltid följa gamle fars råd, sa Britta.

- Aha, njutning! Njutning är väldigt viktigt tyckte Epikuros. Som jag nämnde avvisade han all dödsfruktan, och tyckte att människan bör söka de ting som ger lust.

Livets goda som kan leda till varaktig lycka, sa Yannis igen.

- Hm, var han samma gubbe som sa; när du förstår vem du är, kommer du att hitta vägen som leder till livets glada dagar? skrattade Britta.

Tyvärr han Yannis inte svara för att en av telefonerna som låg på bordet började ringa och alla lyfte sin samtidigt, i tron att det var deras egen.

Men det var Brittas som ringde, och hon reste sig upp och gick utanför kaféets terrass för att prata utan att bli ett störande moment för de andra. Vännerna och några av de övriga kafégästerna följe henne med blicken tills hon försvann bakom ett träd. När efter en stund kom hon tillbaka möttes hon av hennes vänners undrade blickar. Hon såg inte ut som om hon hade ett vänligt samtal direkt.

- Hur är det fatt min vän? Frågade Jörgen orolig.

Hon viftade bort med handen frågan, och sen vände hon ansikte med de helspända käkar mot gatan. Sen tog hon ett djup andetag och i vishet att alla runt bordet stirrade med oroliga blickar på henne, vände hon sig om mot dem, och fokuserade sina grå ögon på var och en av dem.

- Det sket sig med giget i Umeå sa hon. Förbaskade amatörer! Någon hade snackat skit om mig och de drog tillbaka bokningen. Ingen sa något för att ingen hade någon aning om hur sådant artistjobb sköts heller.

- Det faktum att de skvallrar om dig betyder två saker... För det första är ditt liv av intresse, för det andra är det inte deras. Sa Yannis tröstande.

Britta försökte le mot hans sagt, och sen spände käkarna ihop igen.

- Det är lustigt hur vi efter ett gräl tänker alltid på alla smarta svar vi kunde ha gett, sa hon. Det som irriterar mig mycket är att jag är arg över att jag blir upprörd och för det blir jag ännu argare. Ok, jag vet att jag har kort stubin, och lätt kan bli uppretad men detta har inget att göra med min professionalitet.

- Det är likadan med mig också, sa Yannis. Jag skjuter upp saker för att jag blir arg, och då blir jag stressad av det. Sen blir jag arg för att jag har skjutit upp dem och då blir jag ännu mer stressad.

- Det är alltid ens egna nervernas fel... men de som frammana det är det inte något fel, jag vet det från tiden jag var på restaurangen. Sa Josef.

- Tack för era försök med viseledade humor, men jag blev arg för att de ville filma spelningen, och som jag kunde förstå en dag kommer det att säljas till tv:n! Förstår ni? Och då sa jag att de få betala mig för det, och de skrattade. Det är klart att jag förstod hur hela arrangemanget gick ut för inspelningen och inte alls för en framträdande. Det var det som fick mig ur fattningen och jag skällde ut dem. Alltid dessa försök till utnyttjande. De tror att kulturfolket lever på drömmar och luft, och pengarna vill de inte dela. Men det ska ni veta, det finns som mycket skräp där ute som artistbyråerna lanserar som stjärnor. Flickor och pojkar som luras in i branschen, för billig underhållning. Nej, det är inte kändisarnas fel att de är medelmåttiga. Det är de andras, dem som förklarar medelmåttighet till idoler och kändisskap. Det har blivit ett kulturellt virus som har attackerat med sin intetsägande mening hela underhållningsbranschen. Det är samma virus som översvämmar tv apparaterna och alla sociala medier.

- Jag har rengjort Tv:n med antiseptiskt medel som utstöter trend och livsstils innehåll. Dessutom Framställning av allt så kallas nöjes eller nyhetsprogram åskådliggörs direkt, sa Max.

- Det enda bra vi hör på nyheterna kommer på slutet, när de önskar oss en trevlig kväll, vaknade Josef ur sina tankar.

- Det djupaste mörkret faller när tv:n slås på, ville hänga Yannis och med.

- Det här låter som en modern version av någon antik grekisk humbug, skrattade Britta då.

- Studera aldrig de gamla grekerna. För att då riskerar du att vakna! blinkade Yannis skämtsamt åt Britta, och alla skrattade med hans självironiska kommentar.

Det dröjde inte längre innan Yannis återtog diskussionens nystan för lite avslöjande om sig själv.
- Från ung ålder, när jag bestämde mig för något, så gjorde jag det. Kontentan blev att jag fick en barsk attityd då jag var frustrerad. Jag kan bli hänsynslös när jag måste vänta, begränsa mig eller inte funkar något, det vill säga när någon hindrar mig från mitt bestämmande. Jag har alltid trott att för att lyckas i livet måste man ta risker, äga vilja och vild fantasi. Så risken för mig är sammanflätad med mina livsval.
- Ho, ho, ho, det har vi redan märkt min vän skrattade Josef.
- Vet inte vad som är rätt eller inte, sa Jörgen och vände sig till Yannis. Av en slump lever vi tillsammans på en specifik plats och tid, men var och en av oss lever i övertygelse att vi gör vår bästa för oss själva. Mot intolerans, dogmer, och uppfattningar som håller oss begränsande.
Om vår historia skulle sluta idag, vi skulle hade kunnat starta om med något nytt eftersom framtiden inte skulle vara en förlängning av det förflutna. Vi skulle inte kunna ha några referenser från det eftersom den inte skulle finnas. Tänk dig, ett nytt jag utan frustation och rädsla…
- Det låter bra min vän, muttrade Yannis. Men något sådant är möjligt i ett civiliserat samhälle, som lever med humana värderingar och utan våld. Alla med lika rättigheter i uppfattning, eftersom alla skulle äga samma kunskaps referenser. Epikuros skrev om….

- Du gillar den gamle livsnjutaren du, sa Josef skrattande.

- En del av det han utryckte stämmer med mina övertygelser, sa Yannis generat. Men det var han som sa att "Riktig social rättvisa är en överenskommelse för ömsesidigt nytta, för att förhindra någon från att förlusta sig på andra eller bli skadad av andra.

- Långsiktigt tänkandes förträfflighet, mumlade Josef för sig själv. Det var inte många som riktig hängde med det sista men ingen ville säga något. Tystnaden följde sista orden.

Dagen hade i det här läget nått sin kulm och lunchgästerna hade redan avlägsnat sig. Stammisarna hade för länge sedan avrundat dagens konfererande och en och annan tittade på sin klocka.

Det blev dags för mig också att gå. Mycket jobb väntade i skyskrapa som kontoret låg, och innan jag skulle dit kastade jag en sista blick mot deras självklara intagande av terrassens bästa plats.

Det märktes att än var det inte dags för de "tänkandes förträfflighets" veteraner att flytta sig vidare.

Mänsklighetens framtida välstånd hängde inte på vad som refererades här, och inte någon annanstans heller.

Dess rike var medvetande och därifrån kunde förändringen starta.

Alla var överens om det, och inte på det redan störda förhållandet mellan vetenskap, samhälle och politik som inverkade starkt på hälsan, ekonomin och i slutändan hållbarheten för hela planeten.

Livet är ett spel men också en lek.
Antingen lär du dig spela eller lida.
Pallades

Kursändringens utslag

Ringande ljud drev bort morgonens sista drömmar.
Med drömscenernas kvarstående rester i mitt förstånd blev
uppvaknandet abrupt. Med grumliga ögon spejade jag runt i
rummet efter den irriterande ljudkällan jag väcktes av. Jag hade
behövt lite mera sömn.
I ett försök att undvika ljudstörningen kröp jag ihop under det
varma täcket för att hålla oljudet ute och återfinna
undermedvetandets drömmande kontinuitet.
Redan på kvällen kände jag ett obehagligt svårmod innan jag gick
och lade mig. Många tankar och en olustig otrygghetskänsla
genomsyrade min annars normala sinnesstämning.
Något vagt minns jag att jag saknade kreativitetens iver och
deltagande i något givande.
Något saknades! Något jag hade väldigt svårt att lokalisera. En
gnista av någonting som kunde sätta eld på min vilja att återta
målandet, skrivandet, eller något av alla de ämnen som jag
vanligtvis brann för. Sista tiden väntade jag, med alla mina sinnen
på spänn, på att något skulle hända och lyfta upp mig ur detta
sumptillstånd.

Till slut uthärdade jag inte längre denna obehagliga väntan, därför bestämde jag mig för att dra mig till lugnet min bekväma säng erbjöd.

På väg till sängen, passerade jag bokhyllan och tog med mig den första boken som stack ut, en nattfösare så att säga…

Denna handling bokens val gjordes helt mekaniskt, precis som man ser sig i spegeln innan man lämnar badrummet.

Det sista jag minns från i går kväll är att efter bokens instruktioner om avslappnande övningar, är mitt huvuds hypnotiska rörelser på kudden, från vänster till höger, från vänster till höger…

Efter att ha återhämtat mig något efter kvällens erinrande och fortfarande i ett halvvaket tillstånd, vände jag blicken för att rutinmässigt åter speja i rummet för igenkännande och lokalisering av det irriterande ljudet som förstörde mitt sömn. Mina oansenliga visuella spejare skapade olust i kroppen, när resultatet av sökandet överfördes till hjärnkontoret.

Istället för min välbekanta lilla sängkammare, låg jag i ett främmande sovrum! En okänd omgivning fick mig att skräckslagen krypa under täcket, och än en gång kammade mina chockade ögon igenom rummet, efter något som kunde lämna upplysningar om det overkliga.

Någonstans där framme blev en bastant form snabbt igenkänd som en byrå. Till höger flimrade ett starkt vitt ljus som direkt fångade min nyfikenhet. Det lyste in i rummet genom ett stort fönster med vackert veckade gardiner hängande på sidorna. Tveksamt reste jag mig upp och ett hav av klorofyll välkomnade min blick.

Mittemot fönstret reste sig en vit dörr som förband rummet jag sov i med något annat.

Insikten om att jag befann mig i en främmande människas sovrum fyllde mig med panik. Jag kunde inte förstå, det var omöjligt att ge svar på alla frågor som snurrade som ilskna getingar i mitt arma huvud. Hur, var, när och varför allt detta nu?

Plötsligt, som ifrån ett brunnens djup, började ett lätt men ihållande ljud att återställa min oorganiserade logik. Jag insåg att källan till oljudet var telefonapparaten, varifrån dess irriterande ringande hade ryckt mig våldsamt ur min sköna sömn.

Ivrigt hoppade jag ur sängen och med darrande händer lyfte jag upp luren. Min skrikande röst hade redan nått crescendo.

- Hello? Vem är det? Hello, hör du mig?

Mina ord sveptes bokstavligen bort av en manlig röst. Från den muntra tonen och den speciella klangen väcktes en viss förtrogenhet i mig.

Jag kunde känna att personen i telefonlinjens andra ände inte kunde vara en främling, men jag förstod inget av vad han sa!

Alla kan dra slutsatsen att det var något fel med mitt sinne och att mitt uppfattningstillstånd kunde bli en fråga för psykoanalys.

Men här måste jag klargöra att allt detta inte hade något att göra med min perceptionsförmåga och inte heller, som många misstänker, biverkningar av en dopad logik.

Det fanns inget kausalt sammanhang helt enkelt. Tiden allt detta hände var rätt. Men inte rummet i förhållande till gårdagens tidskonsistens!

- Vem är det? Var är jag? skrek jag vilt i telefonen.

- Vad är det min älskling? Mår du inte bra? svarade rösten gulligt och med språkligt bekanta betydelser i mitt öra.

- Vem är det? hojtade jag lite mjukare nu och sömndimman som härskade i mitt slöa sinne började sakta tunnas ut i minnet.
- Min kära, mår du inte bra? Jag... ville att... vill dig... fråga...

Sammanhangens tidsrumsliga avsaknad i händelsen börjar nu bli förklarad. Luckorna i minnet börjar gradvis fyllas med ekot av rösten som i sin tur förvandlas till en film av händelser. En film som visar orsakerna till förvirringen, och platsen jag plötsligt vaknade på i morse fastställdes.

Strålkastare tänds för att lysa upp minnesluckorna med sitt starka realistiska ljus. Gestalter som hittills stått orörliga, gömda i glömskans mörker, träder fram badande i ljuset, för att spela sin katalytiska roll. Att överbrygga de evolutionära händelserna med min partiella black-out, och därmed motivera principerna för min egen cartesianska logik: Jag minns, så jag finns! Händelsernas samband blir beviset för min logiska realitet.

Ett starkt gulvitt ljus flödar på scenen, rensar bort orosmoln och lyser upp en enkel väg som leder mot en tågstation, eller en flygplats, men som mycket väl skulle kunna vara en enkel busstation. Det beror på iscensättarens personliga referenser.

Igenkännande känslor vibrerar på bildens kanter då ett av alla hus som omger gatan fyller rutan.

Framför huset står en bil med alla sina dörrar vidöppna.

En sorglig melodi laddar nu bilden med stämning, samtidigt som husets huvuddörr öppnas abrupt, och ur den kommer huvudrollsinnehavaren ut. Det är en ung blond kvinna i lätta sommarkläder som rör sig snabb mot bilen. Hennes ansikte kompletterar en vacker ungdomlig kropp och en levande ljusstyrka, som kontrasterar den dystra känslan som genomsyrar scenen.

Hon bär på resväskor som hon prydligt placerar i bilens bagageutrymme. En snabb rörelse mot huset då dörren öppnas igen och vår manliga aktör dyker upp, även han bärande på väskor, som han också placerar i bilens bagageutrymme. Det enda i situationen som fortfarande verkar oberört av intermezzot, är bilen som står och väntar på att utföra sin uppgift den konstruerades för. Men mera kan man inte förvänta sig från en kall plåtmassa som livnär sig på bara mineral. Åskådarens indignation av bilens håglöshet avbryts nu av bildens förändring. Motorn som startar hörs och vi ser hur bilen med sina unga passagerare långsamt rullar framåt.

Huset där vår berättelse började lämnar oss nu för att gömma sin sorg bakom några träd, samtidigt som det förvandlar sig till en vit punktsymbol i ungdomarnas minnesbanker.
En mor har nu ställt sig vid vägkanten, och vinkar adjö medan tårarna trillar på hennes slokande kinder.
En känsla av att något är fel genomsyrar bilden, och plågar med sin tyngd bilens passagerare. Detta bidrar till skapandet av den dramatiska klichén, som relaterade känsloladdade scener förmedlar rollinnehavarens emotionella sinnesstämning.
Luften vibrerar nu i ohälsosamma nivåer. Det försvårar andnings-processen i bröstet medan tvivlande över resans väsentlighet svävar högst upp i bilden, likt rättfärdighetens svärd.
I ett strävande efter självframtoning och inflytande av ungdomarnas beslut, skapar bakgrundsfigurer av träd, hus, stenar och jord, en bedräglig attack genom att projicera fram bilder från en lycklig barndomstid.

Kvinnan och mannen kämpar nu besvärade mot denna känslostorm, och försöker hålla blicken fast på färden som söndras av bilens likgiltiga fart.

Hastig lastning på ett tåg som väller fram för att rädda beslutet våra vänner säkerligen tog.

Nya bilder rullar fram nu från okända länder, och höjer stämningen hos våra hjältar. Allt nytt och annorlunda som passerar inför deras ögon håller deras ansikten klistrade i fönsterglaset och deras ögon fylls av beundran och inlevelse. Slut på loppet.

Fram till en ny järnvägsstation, och glatt bemötande. Omfamningar och pussar. Lossning och lastning igen på en hjulförsedd tjänare (kall och likgiltig som den förra). Julfirande med en riktig julgran och presenter. Många gåvor som nu fyller deras sinne med tillgivenhet. Begär och önskningar hänför ett materialistisk törstande.

Det tog inte lång tid för den unga kvinnan att börja erkänna giltigheten av sin komfortabla liknöjdhet, tills en dag, eller snarare en natt, då hon upptäckte en märklig mutation inom sig.

En orolig strid började spridas inom den olyckssaliga och lämnade dåliga spår i hennes mottaglighet. Egenheten i dess annorlunda natur i den nya rangen, förbrukas av det frestande levnadssätt som förtär henne. Hennes rationalistiska logik balanserar fördelarna med de nya bestyren. Men på kvällarna, när de yttre stimuli reducerades av tröttheten, släpptes kvinnans förträngda medvetna loss och plågade hennes följdriktighet med orolig sömn. Ett besvärligt läge.

Tiden flöt obevekligt som alltid.

Nya ansikten dyker upp på scenen, fyller den med sin tillfogande roll, de onyttjade luckorna som lämnades tomma av bekanta ur det förflutna.

Resultatet av förnyelsen pendlar mellan god och obehaglig.

Jämförelsegraden är stor! Klyftorna är enorma!

Strålkastarnas strålande sken som magnifikt belyste detaljerna i scenerna förvandlas nu till droppar av ljus som flödar och bildar skimrande sjöar. Deras talande effektivitet i att belysa fortsättningens återgivande minskar radikalt. Bildväxlingen förvandlas nu till en vanföreställning.

De skimrande sjöarna blir till hav. Ett orent hav som töjer sig för att dränka minnets obevekliga fästning.

Ett torn som stolt står och försvarar förhållandet till ursprunget.

Filmen som visar vägen för personlighetens säkerställande, ersätter nu huvudaktören med en tråddocka.

En marionett som följer förarrangerade anstrykningar av en godtagbar verklighet, av mindre betydelse i den sociologiska strömvirveln.

Birollen formar lovsången som hittills funnits på hennes läppar, till ett sorgset sorl.

En tunnel förbinder kvinnans personliga enighet med dess symbol-värld.

En värld som hon hittills passerade krypande förbi, har förvandlats till ett tunt rör. Ett tunt rör som hon nu måste gå balansgång på.

Flimmer, flimmer och sedan svart ruta.

- … Är du okej? … tar mig rösten tillbaka från minnets spejande.

Vid ljudet av denna röst förvandlas nu all sorg som föreställningen framkallade, till en varm känsla som fyller den uppväckta kroppen.

Medvetenheten suddar bort de melankoliska skuggorna som hakat sig på mitt hjärta.

Den mjuka rösten av följdriktigt viskande bekräftar att oavsett vad, är min övergivenhet allt annat än svår eftersom jag är älskad av en person som jag håller av.

- Ja min älskade! Ursäkta mig! Jag hade en blackout, verkligen. Vad var det du sa?

Rösten fortsätter sitt sjungande sorl.

Minnets projektioner har släckts efter varandra. Bara en liten lampa belyser min åldrade gestalt som står fjättrad vid en röst, medan den projicerade substansen av en gammal värld bleknar bakom ett fönster som svävar i luften.

Livet i den nya staden är som i de flesta västvärldens städer. Det finns transportmöjligheter som järnvägsstationer, flygplatser, hamnar och busstationer. Det finns också utrymme för nya beslut och handlingar för att kunna komma och gå. Men samtidigt finns det en gammal väg som förbinder en med det förflutna, och är täckt av ogräs och damm. Ändstationen är en svagt lysande prick bland alla möjligheter för lycka. Resandet blir mindre frekvent och långsammare på grund av tidsdistansen och betydelsen. Det finns ingen återvändo någonstans. Denna väg slingrar sig in i en annan rumslig dimension och människor förnyas ständigt i inkonsekvensen av situationer som symboliserar en förnyad personlighet. Allt detta sammanfattas i en obruten evolutionär kurs mellan igår och imorgon med mellanstationer i nuet. Att stanna och backa blir då en abstrakt föreställning i labyrinten av beroenden, en påtvingad höjdpunkt av uppskattning och kollektiv relativitet.

Den gula ballongen

Hon ville ha en ballong. En stor gul ballong. Tills hon fick den!
Stolt spatserade hon bland folk med sin gula ballong. Ibland höll
pappa snöret och då svävade hon i luften ovanför alla andra som
tittade beundrande och med en smula avundsjuka.

För att hennes ballong var inte bara den där runda saken de flesta
barn är förtjusta i.

Ballongen hon flaggade med, var ett fortskaffningsmedel till
besjälade önskningar, vilken hon kunde beskåda världen ifrån.

Men en dag lossnade ballongens tunna snöre ur hennes hand, och
den gula ballongen flög upp i luften.

Saknaden var enorm och förkrossande och hon brast i gråt.

Pappa försäkrade henne om en ny ballong men det var inte samma
sak. Det skulle ske under en annan tid och under andra
omständigheter. Den gula ballongen som berikade hennes unga liv
med upplevelser skulle vara borta för alltid.

Tiden flöt oberoende av de små människornas bekymmer.

Hon tänkte fortfarande på sin gula ballong och dess saknad fast
inte lika innerligt som förr. Men en kväll när hon hade lagt sig för
att sova, hände något bisarrt.

En obefintlig gul massa la sig ovanför henne och luften under fylldes
av något slemmigt som trängde in i alla hennes porer. Hon vaknade
med en konstig känsla i magen. Det kändes som att kroppen drogs
ner medan luften som var i den hissade upp henne.

Hon öppnade ögonen och till sin förvåning såg hon att hon befann sig i en stor gul ballong på väg genom taket ut till den fria himlen.

En tunn lång tråd gick neråt till husets sovrum där pappa låg och fortfarande höll den i sin hand.

Han log uppmuntrande mot henne och vinkade med ögonen att hon skulle fara söderut. Flickan lyfte ögonen mot horisonten och långt borta österut såg hon en ljusglimt som markerade dagsögats tidsbana.

Mörkret och stjärnor som blinkade fyllde himlen västerut.

Deras svaga ljus återspeglades på havets vågor som lysande prickar.

Hon var inte alls förundrad av denna nattliga utflykt eftersom hon åtskilliga gånger hade flugit i väg, mindes hon, fast utan ballong.

Hon svävade omkring länge och under tiden lekte hon med varierande navigeringsmanövrar. Men vart var hon på väg?

Pappas ögon gestikulerade fortfarande till henne att lägga kursen åt en viss riktning. Hon försökte förstå relevansen av denna ballongfärds mål. Pappa log mot henne nu, och viftade med ögonen åt söder, någonstans mellan österns varma ljusglimt och västans mörker.

Hon blickade långt framåt och kunde urskilja hur spetsiga bergskanter gränsade havsvågor, medan allt lyste varmt av eget ljus. Flickan förstod nu vart ballongens färd ledde. Till pappans hemland! Ljuset som lyste där strålade ut ur pappas ögon, arvet, ursprunget. Ballongen flög dit av egen kraft, och det var pappans medvetande som styrde. Hon vilade ögonen på utsikten. Förflyttade sig ovanför sovande städer, mörka berg och spöklika sjöar.

Ballongen stannade nu vid ett hus som låg utanför en stor sovande stad och en tunn glasaktig tråd ledde från ballongen till huset.

Hon stod i sin gula ballong fastbunden av två trådar och det var samma människa som höll i deras ände. Två världar, två verkligheter, två tidsrum bundna av den eviga livsprincipen.

Hon tittade in i huset och såg ett flickebarn som låg i sin säng och sov. Barnen öppnade sina ögon och tittade leende rakt på henne. Sedan hoppade hon från sängen och vinkade mot ballongen.

Flickan i ballongen ville komma ner, och med ens var hon vid det andra barnets säng och höll hennes hand i sin.

De gick runt och barnet visade rummet.

En säng till fanns där och där låg en pojke och sov, han var lik henne i rummet. Flickan fylldes av varma känslor, hon ville väcka honom men flickan drog henne till ett annat rum där två vuxna människor sov. Mannen var hennes pappa och kvinnan som såg att vara vaken tittade på henne och log varmt.

Flickan som reste i den gula ballongen ville pussa kvinnan men den andra flickan hade bråttom. Hon ville visa alla husets rum där fotografier, och allehanda föremål fanns prydligt överallt.

Hon ville leka, men tiden var knapp. Något tog tag i hennes handled. Den knutna tråden drog henne uppåt till den gula ballongen som fortfarande svävade ovanför deras huvuden. Hon hann knappt krama flickan innan hon drogs upp och ballongresan gick nu bakåt, eller var det framåt?

Flicka var nu trött, och gäspande försökte hon hålla blicken fast på den upp och nervända horisonten, men hennes ögon slocknade till slut.

Flickan är vuxen nu och hennes längtan om en gul ballong som pappa en gång hade lovat, har blivit en tröstande anblick.

Under åren hade hon ägt flera ballonger i alla regnbågens färger som hon delade med sig av.

Vad behövde hon en ny ballong till när han ägde det bästa och största av alla som förvarades i hennes drömmar?

En stor gul ballong hon kunde färdas med.

Vargar!

Jag satt vid datorn och kämpade med min försenade rapport genom att frenetiskt banka på det arma tangentbordet. Eftersom rapporten skulle ha lämnats in för två timmar sedan var jag både stressad och fullt fokuserad på vad som skulle stå i den. Plötslig fanns min lilla dotter intill mig och började pocka upp min uppmärksamhet.

- Mamma, vet du?

- Mmmm…

- En gång, när jag gick i skogen såg jag fem, eller var det kanske sex? Vargar! De var jättesmå, sååå här små var de.

- Jaså du…

- Jo de var jätte, jättesmå, titta så små var de, upprepade hon och med knäppta fingrar förevisade vad hon sa.

- Mmm.

Plötsligt slocknar datorns skärm, och ett litet meddelande dök blinkande fram.

-Nej! skriker jag förtvivlat. En hel dags grafisk arbete är borta. Alla ettor och nollor utsuddade för alltid. Försvunna.

Det började rycka i mig, luften är borta och jag får svårt att andas, medan ögonen stirrar förvirrat på den svarta skärmen i hopp om att det blir bra igen. Tankarna snurrar i ett överansträngt huvud medan mina flitiga fingrar slår och bankar, startar om, och kollar på sladdarna.

Min dotter står kvar vid min sida och med knäppta fingrar väntar hon fortfarande på min uppmärksamhet.

När hon har sett att jag har gett upp med mina försök att återväcka den slocknade datorn, och att jag nu är vänt med tom blick mot fönstret säger hon.

- Hörde du på vad jag sa?

Först blundar jag hårt och sedan vänder jag mig åt hennes håll och tittar henne i ögonen. Ni vet, en sådan blick som om den skulle kastas mot explosiva ämnen skulle få saker och ting att flyga i luften. Det är den sorts blick hon kallar "mammans svarta ögon". Jag suger in en stor mängd luft i lungorna och släpper sedan ut den långsamt.

- Det finns inte så små vargar, det vet du. Det var kanske myror du såg, säger jag med kontrollerad ton i rösten.

- Tror du inte att jag vet det? Men det var vargar!

Jag blundar igen och mobiliserar allt tålamod, en bildad mamma i Waldorfpedagogik förväntas att vara bekant med.

- Det var kanske myror utklädda till vargar.

- Dummer, det var vargar och de var klädda i kostym och slips. De hade små korgar också med sig.

- Hade de skor också? undrade jag sarkastiskt.

- Det är klar att de inte hade. Vargar går inte i skor!

- Nähä… visst ja.

- Då frågade jag vargarna: vart är ni på väg små vargar? "Vi skulle till skogen för att plocka bär men vi gick vilse" sa den blå vargen. Det var en blå, en röd, en grön och en svart. En vit och en röd till och… en till.

- Jaså du, sa jag och mina tankar återgick till min kraschade dator och allt arbete som var förlorat och skulle bli tvunget att göras om, och om tiden som gick medan jag stod där och pratade om vargar.

- …och vet du? fortsatt hon. Deras korgar var överfyllda av blommor.

Röda vargen hade rosor, den gröna vargen maskrosor, den blåa hade… jag vet inte vad de hette, men den andra röda hade nejlikor…

- Jag trodde att de skulle plocka bär i skogen, sa jag med ett försök till engagemang.

- Jaaa, men blommorna var till miiig!

Jag var stum. Jag stirrade med eldfängd blick på henne som väntade på en passande respons, men förblev stum.

- Ja visst ja, hur kunde jag inte förstå det? mumlade jag till slut.

- … och då, då frågade de om jag ville följa med till deras stuga. De skulle bjuda på fika, bullar, saft och…

- Vänta nu, vänta! Du sa tidigare att de hade gått vilse.

- Ja. Men jag visste vart deras stuga fanns, så jag skulle visa vägen dit.

- Gjorde du det?

- Näää…

- Varför inte?

- Då frågade jag min kanin: lilla hare vill du fika eller ska vi leka istället?

- Isabel! sa jag bestämt. Mamma har ett mycket viktigt arbete som de väntar på att jag ska fixa IDAG. Kan du inte gå till ditt rum och leka istället, och när pappa kommer…

Jag tystnade utan att avsluta meningen.

Hon tittade på mig som jag brukade göra, ni vet med "svarta ögat", och sa bestämd och saklig.

- Du vet inte varför jag var i skogen.

Förbluffad tittade jag undersökande på hennes allvarliga min.

- Vad gjorde du i skogen min lilla skatt? frågade jag med sockerlen röst.

- Eh, nu vill jag gå och leka med min kanin istället, sa hon och vände sig för att gå.

- Vänta lite, vänta lite, tro inte att jag går med på att du ska lämna pappa nu, ensam här vid en slocknade dator och allt som ska göras om. Inte efter allt jag gick igenom. Snälla?

Hon tittade fundersamt på mig.

- Det var alltså fem eller sex vargar...

- Jättesmå!

- Ja, jättesmå vargar var de, som plockade bär i skogen och gick vilse.

- De hade blommor också i sina korgar. Till miiiiig.

- Just det, och de ville att du skulle visa vägen till deras stuga och... gjorde du det?

Hon såg tyst på mig.

- Oh förlåt, jag glömde säga det, sa jag ångerfullt. Du var inte ensam, du hade kaninen också med, är det rätt? Men vad gjorde du i skogen?

- Du var också med! sa hon överraskande snabbt.

- Var jag också med? Nu förstår jag, men varför sa du inte det? Var vi på vandring? Genom skogen? sa jag med hopbitna käkar.

- Du tappade bort mig och kaninen, och vi letade efter dig tills... tills vi träffade de där små vargarna som ville att vi skulle följa med till deras stuga, och vet du?

Vi gjorde inte det. Vi var tvungna att hitta dig först, hur skulle vi annars kunna hitta hem efteråt? Vi tyckte så synd om dig att du gick vilse där ensam, och kaninen sa... ja kaninen sa att vi aldrig skulle lämna dig ensam i den stora skogen med alla vilda djur. Till slut sprang vi därifrån tills vi hittade dig och du kramade kaninen, och mig förstås, och sedan tog vi oss hem. Förstår du nu?

- Men vargarna då?

- De var borta!

Sedan vände hon sig om och med bestämda steg lämnade hon mig med självklara steg för att leka i sitt rum, medan jag följe henne med gapande mun.

Återfödelse

Jag färdas förbi de helvita vidderna, lämnar mitt soliga vardagsliv många mil bakom mig och reser i det okända. Jag försöker skildra färdens intryck i minnen, allt mitt begränsade seende registrerar på denna resan. Mina ögon fångar horisonten, medan jag försöker fokusera blicken någonstans, på de vita vidderna som uppslukas av färdens hastighet. Medan jag följer den svischande vitheten bakåt, får jag en känsla av att den tränger sig igenom väggarna som omsluter mig, och breder sig vidare inom mig. Min hjärna och ögonen är så trötta av ansträngningen så för sinnenas monotoniska varslandes skull, stänger jag ut den vita oändligheten.

Vitt!
Vitheten genomtränger allt! Hastigheten gör att allt syns som helvita sträckor i varierande vita nyanser. Hus, träd och det kuperade landskapet har förlorat sina kolorerade strukturformer. Istället fylls formerna av den oavbrutna vitheten. Med utvidgade syner söker jag efter någon form, eller kontur som kan ersätta denna nedisade stillhetens inget, medan vitheten tränger sig djupare och djupare in i mitt huvud.
Jag förnimmer min kropp som en svävande helvit figur.
Mina ögon är också helvita och blicken, ljusstrålar som sträcker sig och genomtränger skuggorna i jakt efter konturer, kontraster eller någon igenkännande struktur av världen där ute.

För att skydda mig ifrån detta enformiga sinnesintryck mobiliserar jag nu fantasin till rekonstruering av bilder ur mina minnesbanker.

Jag klarar det! Bilderna projiceras nu, perfekta i detaljrikedom, men... de är som graverade i landskapen och istället för färg härskar vithetens nyanser i sin grannhet! Vit i sin absolutistiska storhet!

De olika färgtonerna har sipprat ner, i marken och absorberas av denna enformiga vithet.

Hela jag kämpar nu för att hindra fragment av bisarra tankar att börja gestalta sig i mitt förstånd.

Jag övertalar mej själv att det här är inget annat än en dröm och att jag kan vakna när som helst till min färggranna verklighet.

Jag klämmer mig fast vid tanken. Jag känner hur kroppen så småningom slappnar av och låter sig sakta glida undan den enorma vitheten.

Effekten av accepterandet är enormt i mitt väsen. Vitheten börjar förlora sin framträngande strålning, fast utan att sluta finnas där ute.

Jag varseblir en vinterdag med tunga moln på himlen. Trädet står stilla i sin nakenhet och en... grå... vit... d i m m a! suddar ut konturerna och förvandlar landskapen till... ett gräddaktigt inget.

Till min räddning tar ett annat slags medvetande befälet och börjar erinra sig bildbroar till mitt förnuft som för närvarande fladdrar fram och tillbaka mellan verkligt och overkligt.

Ett hus! Ett träd, nej det är flera träd! En kulle! Sakta men bestämt framträder de genom det gråvita töcknet. Konturerna är klara nu och jag andas lugnt i väntan på att färgerna ska fylla de mörka partierna, där ljuset inte har nått formprakten men...

Förklenande av misslyckandet, faller mitt huvud kraftlöst nu på bröstet, och kroppen glider slappt och apatiskt ner. Jag önskar att någon, ska komma och rädda mig, avbryta denna helvita mardröm som är på väg att assimilera mig och sluka det lilla förstånd som finns kvar i mig.

En vit tystnad! Den snurrar runt omkring mig med ett helvitt brus som sköljer sig på mina syner i tunga vågor.

Ända in i hjärnbalken. Som medveten erfarenhet är det bestörtande! Jag får ett intryck nu av att jag upplever tankar! Att detta är en fantasiartad verklighet som jag själv projicerar! Antingen varseblir jag ett färglöst tänkande eller erinrar jag en mardrömsk verklighet!

Jag vaknar av våldsamma skakningar och en kall bedövande känsla fyller hela min kropp.

Jag försöker öppna ögonen men jag konstaterar att kroppens reaktionsförmåga förvirrar sig i verkställande på hjärnans kommando. Kroppen känns inte alls. Precis som efter operation eller amputering. Jag ser ingenting, men jag känner ett svagt ljus som vibrerar i ögonen. Rätt sagt, det finns inget ljus.

Mörkret härskar överallt. Ett svagt sammetsmjukt mörker som när sinnena har återställt sig, förvandlar sig till ett kallt reflekterande ljus!

Jag förnimmer ett kallt fluorisande mörker med tempererat ljus. Ett Vitaktigt sådant!

Så småningom börjar minnets fragment substansieras och förvandlas till bilder som återaktiverar hjärnan i någon sort kontinuitet.

Lemmarna återfår sin flexibilitet, och ögonen, som hade blockerats av kroppens inaktivitet, återaktiveras nu för att kunna upptäcka att jag ligger på någon slags sockelsäng.

En skön domnande känsla sprider sig i min kropp. Ett begär, att smeka mitt ansikte väcks, och instinktivt vill handen göra mig till lags men… det händer inget.

Förnuftet analyserar snabbt situationen och konstaterar att någonting har hänt mig. Jag var på väg någonstans och drömde? En olycka!?

Jag för blicken runt i ett försök att få något svar till frågor som hjärnan febrilt översvämmas av tillsammans med en svag känsla av panik. Plötsligt möts min blick av en storartad regnbåge som långsamt växer någonstans där framme till vänster.

Färgerna kryper inne i mig och som balsam breder de ut sig. Deras livskraft fyller hela mig och deras varma klang sköljs över mina syner som en oändlig mångfärgad bisvärm!

Betagen och förtrollad vågar jag inte blunda, av rädsla att hela detta fantastiska spektakel ska upphöra lika plötsligt som det uppkom.

Jag kämpar verkligen emot ögonens trötthet som växer med sekunderna. En tyngd kommer och sänker sig över mig. Jag försjunker in i något djupt och mjukt. Jag faller. I en mångfärgad avgrund med blixtrande ljusglimtar, samtidigt som hela oändlighetens storhet rullar upp sig framför mig.

Jag tror att jag dör!

Jag dör!

Eller…?

Hela mitt väsen försöker följa detta nedstörtande, utav min förna Jag som frenetiskt söker förklaring i minnets referensarkiv.

I ett försök att förklara fallets påtagliga känsla låter jag mig förkroppsligas i denna upplevelse.

Det känns nu som att jag rullar på ett band, eller, det är mitt bildminne. Bild efter bild suddas bort i sitt rullande och lämnar kvar efter sig en tom vit remsa! Jag kan inte länge avsluta mina tankar... ord... betyder inget... vet... inte...vad... jag försöker... säja... något vit... eller...   ... vit ?... vart... v... där...

      ... vt... fl.. r... ... h... r... hj... lp... ... ooo... ? ...!

Uppvaknandet var chockartat. Men vad i hela friden är det här? Hur hamnade jag i denna situation och vilka är dessa... ?

Vad är hela denna uppståndelse?

Är jag hemma nu? Nej! Vad...

Var är regnbågarna? Vart. Varit. Är Vem... ?

Varför kan minnas inte... om... Vems... kropp? Ut... U... u... ua !!!!!!!!!!! Å t e r l e v... Cepheus bl... bl...! uaa uaAAA

Bristfälliga identifieringar

Allt jag visste om dem var deras gutturala ljud som punkterade den tunna väggen mellan våra rum. Av den tonala frekvensen och originaliteten i deras stämmor, gissade jag att två av dem borde vara relativt små, eller åtminstone tunna manliga individer, och den tredje av feminint kön, varom inte större i kroppsbyggnaden, men äldre än de andra två.

Dessutom måste hon lida av bihåleinflammation eller någon annan typ av näsåkomma.

Deras ljud som varje dag trängde sig igenom den tunna väggen, klingade helt annorlunda än vanliga grannfolkets ljud och skapade indignation under min vistelse i rummet.

Jag skulle kunna parodiera deras idiosynkratiska grymtningar, med hysterisk skriande som fångade grisar.

Deras fraseologi, som tydligt störde känsligheten i mina ömtåliga öron, var träffande och mycket uttrycksfull med sina upprepade raseriutbrott. Men den naturliga isoleringen av väggarna som skilde oss åt förvrängde kraftigt den emotionella tonen, vilket förhindrade klassificeringen av deras psykiska tillstånd.

Men det som störde mig mest var inte deras hemska kakofoni, utan den frekventa användning av toaletten, som vårdslöst besöktes under de där speciella klockslagen som vi kallar småtimmar. Olyckligtvis låg apparaten de spolade med mot vänstra sida av min säng.

Svärande som en lastbilschaufför hoppade jag flera gången upp i natten rasande, och bankade på väggen i stort raseri.

Vattentanken på deras toalett måste vara enorm, och efter varje tömning tog den lång tid att återfyllas. Så fort vattnets rinnande ljud upphörde, bytte jag sida i sängen för att åter segra i Morfeus famn, men det dröjde inte lång tid innan ett nytt hooossfffssss slungade mig ur sömnen. Men det var inte bara det, för att efter allt plågande fram och tillbaka mellan sömn och vakenhet, och darrande nerver kunde jag inte somna igen.

När morgonljuset trängde sig igenom fönstrets hermetiskt tillslutna fönsterluckor, hoppade jag plötsligt upp panikslagen av det öronbedövande sprängljudet då metall slår på metall.

Detta var kakofonins agitato, och så började en ny dag för mig. Mina sönderslagna nerver krälade på golvet då och ett enfaldigt uttryck beströk mitt sömniga ansikte med lättsamma penseldrag.

Agitatosmällen kom ifrån sopkärlen som kantade entrén till vandrarhemmet och det var de som mottog grannarnas argsinta morgonstämning.

Här måste jag notera att trots indignationen och desorganiseringen av toleransen som rann igenom mig, kunde jag inte låta bli att imponeras av sparkens påhittighet på burkarna, och det fylliga ljudet, alltid beroende av soptunnans innehåll, som kom från kollisionen. Alltid annorlunda från den tidigare.

Jag hoppas att ni som läser min berättelse förstår att den personliga föreställningen om sällskaplighet som präglade dem, var en verklig frestelse för mitt intresse och uppmärksamhet. Många kommer säkert att undra varför jag inte bytte rum, och därmed äntligen löste problemet. Det kommer man förstå av fortsättningen på min berättelse.

En eftermiddag utformades nya intressen kring deras personer.

Jag minns att jag satt i mitt rum och med idog koncentraration njöt av Prokofjev som är en av mina favorit kompositörer.

Uppslukad av denna musikaliska energi som slungades till mina hörselnerver genom hörlurar, hördes plötsligt ett öronbedövande gkgrauupangk som slängde mig ner från sängen, medan mina chockade nervtrådar löpte amok av det omänskliga lätet.

Med vidöppna ögon såg jag hur väggen ansträngt sig att haka sig fast vid golvet, medan den försökte synkronisera sig med de starka skakningarna.

Ett pentatoniskt skrik av vrede föddes då i mitt bröst, samtidigt med det öronbedövande dånet som exploderade i min hjärna.

Jag bytte sida för bättre akustik och välkända musiktoner mötte mina konstnärligt specialiserade sinnen. Detta orsakade ett sorts gillande som vände de negativa tankarna jag dittills hade om dem, till ett uppskattande intryck.

Jag kände igen musikstycke av Brian Eno och David Byrd som perforerade väggen, och formade svävade figurer av dammet i mitt rum. En modern balett av dammstoft dansade till slagverkets frenetiska rytm och stack ut tungan på min imponerade medelsvenssons avantgardism.

Den var ett måndagsbarn denna morgon.

Caféet i nedre hörnet där jag satt hade två fönster mot torgets park och fem fönster på den vertikala gatan där vandrarhemmet jag bodde fanns.

Jag satt vid ett av trottoarborden, och lät mig exponeras av morgonsolens farliga strålning.

Tjocka avgassystem som stack ut från fyrtaktsmotorer och de enorma byggnaderna runt parken brände mänsklig energi och målade de ekologiska och organiska strukturerna svarta.

Med en befriande tömning av luft som välldes ut ur bröstet, sträckte jag ut mina ben mot den bekymmerslösa morgonen som flirtade med min loja sinnesstämning. Jag såg fram emot en stark espressokaffe och såg efter servitören för att göra min beställning. En latent motvilja för omilda utryck hindrade mig för röstens specifika kraft, som skulle övertala kyparen att äntligen intressera sig för min beställning.

Samtidigt som mina ögon fick syn på den vitklädda kyparen, kom bekanta oljud galopperande till mina öron, som omedelbart tog mig ur mitt vegeterade tillstånd och ryckte upp mitt intresse.

Jag kände igen dem direkt.

Karaktärerna bekräftade bilden jag hade skapat genom deras ljudframträdanden, som nattligen utmanade min godsinta naturs tolerans.

Tre irriterande figurer som nu halvlåg bekvämt på kaféets stolar.

En hög aria, jag tror i B-dur, slet med våld i trummornas skyddande hinna och förlamade mig av skräck. De tre gestalterna som tog itu med att placera sina smala ben på stolar de tog från andra bord, lämnade ofärdigt sin rörelse, när de med snabba reflexer vände sig dit den höga arian hade kommit ifrån.

Här måste jag förtydliga att jag är okunnig om orsakerna som avbröt det utstuderade arbetet deras bens bekvämlighet krävde.

Jag kommer aldrig att veta. Men den sortens pinsamhet som kom från utbrottet av den höga röststyrkan var obehaglig från allas håll.

Mina ögon vände sig irriterat från dem, mot den ovanliga musikaliska förmågans upphovsman, som var ingen mindre än servitören.

En rörelse där framme avbröt mitt begrundande över denna excentriska Caruso. När jag vände på huvudet såg jag mina tre excentriska grannar förbereda sig för en motattack. Deras autonomiska och väldesignade rörelser, ackompanjerade av skränade ljud skapade nervösa spasmer i min solar plexus. Plötsligt såg jag servitören bromsa tvärt bredvid dem, samtidigt som något hoppade ur hans struphuvud, vilket min splittrade koncentration inte lyckades registrera.

Jag såg tre unga människor höljda av fuskläder. Deras bleka ansikten var täckta av ett svagt ludd som vårmorgons ömhet på det späda gräset. Klara stora ögon fyllde deras ungdomliga ansikten, inramade av provocerande klippta svarta och röda hår. Deras skarpa och argsinta blick av ogillande, var barndomens absoluta kontrast i deras utseende. Deras blick utlöste en dold farosignal som skapade kalla rysningar på min svettiga rygg.

Synen av en medeltida duell exponerades plötsligt i mina skräckslagna ögon och förde mig till den mörka medelåldern som markerade den mänskliga evolutionen med sin ridderlighet. Ett tungt *heavy metal*-ljud avbröt dock den medeltida visionen, vilket fick bilden att poppa bort, och ersättas av en röd fläck som utvidgade sig på servitörens vita skjorta. Skräcken droppade röda livsdroppar ur magen på den förvirrade och maktlösa människan. Bladet som min skräckslagna blick hann registrera, försvann med ett hastigt hsssfst någonstans i fuskläders veck, medan sex ben svängde om för att därefter försvinna runt hörnet.

Spontant och utan att hinna tänka om ställde jag mig upp och med stora kliv gav jag mig efter i deras fotspår, som i atmosfärens relativt fuktiga luft tog tid att avdunsta.

Det som aktiverade min kropp att springa efter de unga rymmarna var kontrasten mellan deras agerande och antivåldprinciperna som karakteriserar min aparta personlighet.

I fallet med min visions fortsättning skulle gladiatorerna ha gett upp sina dödliga vapen och kastat sig i en omarbetning, kring situationens riktighet och hedersreglerna.

Episkmusik skulle sprida sig ut ur dolda högtalarinstallationer och därmed visa åskådarna anledningen till detta barnsliga upptåg. Istället hade något helt oförenligt med min dramaturgiska vision skett här. Denna oförenlighet, skulle jag säga, blev också orsaken till mitt envisa förföljande av de unga upprorsmännen.

Jag hann ikapp dem i hörnet, tre kvarter nedanför.

Ett av mina ögon, på grund av den skärpta klarheten som särskiljer den, fångade omedelbart deras bild, medan det andra, som är lite långsammare fortfarande letade efter dem, tills hjärnans kommando för massfokus meddelades. Mina ögon föll på tonåringarna vid ögonblicket då flickan i deras sällskap delade ut toxiska tabletter till var och en av dem.

I en explosion av intelligens insåg jag att de inte hade besvärats av min löpning, och mitt intresse lämnade dem helt likgiltiga.

De vände mig ryggen när de slängde pillren i sina unga munnar och sedan gav de sig iväg mot trappstegen till dumhetens tempel, förlåt, jag menar grannskapens tempel som med sin luxuösa fåfänga stolt reste sig mot sin skyddsherre.

När jag insåg att de märkte min observation gjorde jag ett försök att dölja mitt intresse och fokuserade min uppmärksamhet på de vackra blommorna som växte i templets rabatter.

Säker på mitt kamouflerande intresse, skickade jag ögonen från 150 graders vinkel för observation igen. Berikade av den osjälviska pliktkänslan som utmärker dem försvann de i en hast för att ännu snabbare komma tillbaka och gömma sig under ögonlocken som stängde sig bakom dem.

En ny absurditet utspelades nu på tempels trappa. Utmattande och i ett högt tillstånd, var gestalterna engagerade i att med små knivar borra hål, hugga och skära på sina magra kroppar, vilket fick de att kasta sitt röda slemmiga liv på den rena vita marmortrappan.

Ett skrik i en mycket hög ton som fick mina ögon att vandra omkring fritt utan att kunna fokusera, väckte mig från skräcken och fasan. Helt spontant och för att fly verklighetens tragedi, höjde jag mitt huvud mot himlen.

Som en akt av välvilja för mina optiska mottagare släppte jag de ombord på ett flygplan som kämpade för att passera genom smogen med ett lågmält surr. Så småningom landade ögonen tillbaka utvilade, och vände sin uppmärksamhet till den jordiska hemska dimensionen.

Vagnar lastade med välfärdens provexemplar och socialisering passerade snabbt förbi oss, eller skränade disharmoniskt, fastnaglade på livets lilla marginal, opåverkade i sin okontrollerbara egenhet.

Övergivna soptunnor stod likgiltiga för den explosiva energiaktiviteten av gemene man, som bar sitt relativt halvlevda varande.

Jag tror, fastän mitt öga inte når så långt, att även denna sköljning, som vissa fortfarande envisas med att kalla stadsflod, fortsätter sitt likgiltiga slickande av strandens klippor.

Detta är inte slutet på berättelsen om de ofärdiga identiteterna utan en fortsättning av vantolkade individer som den överkonsumerande allmänheten isolerar ifrån den moderna sociala arenan med vedervilja.

Ett D7-moll från den store kompositören och änglarnas röster som kommer att sjunga unisont, signalerar om finalen på kvällens framförande om marginalvarelser.

På så sätt kommer jag äntligen att kunna få min ansträngande kropp till mina väggars säkerhet där jag kan njuta av overksamhetens härliga trygghetskänsla.

Äntligen kommer mitt perfekt bevakade medvetande fritt att kunna stiga till realitetens nivå för att alstra en lagom dos av ångest och existentiella frågetecken. När övertygelsen om att jag bryr mig har lagt sig så att jag kan sova lugnt, har jag räddat ett spår av uppskattning för min person.

Imorgon kanske en ny dag kommer att gry på himlen, om inte för alla, så för min eget del.

En barnsaga

Det är eftermiddag och jag är en liten flicka som leker på husets solbelysta gård.

Jag har en leksaksdjurshage där små grisar, kossor, hästar och får betar på låtsas eller leker med varandra.

Geten stångar, rullar kullerbytta och klättrar upp på taket, medan hästarna galopperar runt, runt i den lilla travbanan. Jag har varit på husets lilla gård ett bra tag nu, och som barn gör märker jag inte, att klockan är mycket.

Kvällens skuggor har spridit sig från husets fasad till halva gården fort, och solen syns inte längre i horisonten.

Men då märkte jag hur mörkt det hade blivit och hur djuren hade lagt sig trötta på marken.

Utan att jäkta mig och för att inte väcka de små djuren, plockade jag ihop dem och stuvade försiktigt ner dem i tygpåsen som min mamma hade sytt.

På väg in till huset vände jag huvudet mot himlen och såg efter månen, men den var tom. Några stjärnor blinkade på den stora sotfärgade himlen men månen och dess lugnade sken fanns ingenstans.

Med min tygpåse dinglande i handen, där alla mina djur låg i djurdvalan, gick jag runt huset och spanade med blicken mot himlen efter månen.

Jag hittade inget, varken i norr, i söder, vänster eller öst.

Då nådde mig en fläktade vindpust som med viskande röst avslöjade att månen som jag letade efter frös så mycket, att den gick för att gömma sig på andra sidan jorden. Där solen var stark och värmde.

Flickan, jag alltså, tackade vinden och gick in till min mamma för att berätta om allt som hade hänt och vad vinden hade skvallrat om.

Mamman som höll på att blanda en smoothie till sig stängde av den skrälliga mixern, och med förstående min sa hon.

- Tyvärr min tös så är det. Ibland sticker månen iväg och mycket kan man inte göra åt det.

Flickan blev ledsen förstås, och medan mamman slurpade på sin grönsaks-smoothie var hon tyst en stund.

Under tiden hängde hon försiktigt sin djurpåse som hon fortfarande höll i handen, och tittade fundersamt på sin mamma.

- Du kan sticka en tröja så att månen inte fryser, sa hon glad för sin fyndiga idé.

Mamman som just då höll på att avsluta drickandet av den tjock-flytande drinken fick ställa ner glaset, och satt tyst en stund. Då passade flickan att stoppa pekfingret i glaset, skrapa bort resterna av smoothien och slicka rent.

- Men flickan min, jag kan inte göra det! Min ull räcker inte till en så stor tröja, sa mamman då och strök flickan på huvudet.

- Då ska jag fråga bergen sa flickan, en massa får betar där uppe, vi kan få lite av deras ull så att du kan åtminstone sticka en mössa.

Flickan gick hela långa och mödosamma vägen till berget och frågade den stora men snälla kolossen som höjde sig över deras stad, om hon kunde få lite ull.

Berget blev jätteglad över hennes besök, och sa att det ville hjälpa till, men orkade inte med att ränna runt och plocka ulltussar.

- Men gå till molnen du, sa berget då. Den smidiga och lätt-på-foten-filuren kan säkert hjälpa dig.

Flickan klättrade ännu högre upp, ända till molnen som latade sig utspridd på bergets sluttningar, men molnen sa utan att röra sig ur fläcken, att någon ull inte fanns där.

- Kanske hittar du det hos stjärnorna, fast jag är inte helt säker på det. De är så långt bort och jag når inte dit men du kanske kan göra det, sa molnen och gäspade högt..

Trots avståndet kom flicka fram till slut. Men förgäves gick hon hela den mödosamma vägen ända dit, för att någon ull hade stjärnorna inte.

Besviken vände hon sig tillbaka och då råkade en liten komet komma förbi och viskade glad att hela världsalltet kände till hennes huvudbry men att det bara var solen som kunde hjälpa henne.

Trots att flickan var både ledsen och trött, hade hon inte gett upp sin uppgift. Därför bestämde hon sig att hon hade inget att förlora på en avstickare till en värmestrålande stjärna, och eftersom solen inte låg så pass långt ifrån henne, vände hon sig ditåt.

Men väldigt nära den stora och vresiga solen kunde hon inte komma, så hon fick skrika sitt ärende så högt hon orkade.

Med stor iver berättade hon om månen som inte ville komma fram för att den frös så mycket och att den höll sig gömd någonstans, om hennes misslyckande att hitta ull så att mamman kunde sticka en varm tröja till den och hur ledsen och trött hon kände sig för det.

Då skakade solen en aning på sig och utan att yppa ett ord till tröst för den lilla flickan, släppte den istället ut en av sina tusentals heta strålar.

Solstrålen föll ner på den frusna månen och virvlade sig runt den, tills den frusna månen började få färg.

Det tog tjugoåtta dagar för att värma månen helt. När månen var helt varmt och kunde glänsa igen som en liten sol på himmelen, reste solstrålarna vidare för att sprida solens värme där det behövdes.

Månen lyste gladlynt nu på himlen, och flickan var full av lycka.

Men det dröjde inte länge innan månen började frysa igen. Men då gick flickan tillbaka till solen, och efter många överläggningar bestämde de tillsammans att så fort solstrålarna hade kommit tillbaka skulle solen skicka dem till månen igen.

På så sätt skulle månen aldrig frysa helt utan efter tjugoåtta dagar skulle den åter stråla med sitt glada sken.

Ett nöjsamt leende lyste då på flickans sovande ansikte, och höll sig kvar till sent på morgonen då hon väcktes av pappan för att äta frukost.

Kläckningen

Ett medelstort klot roterar i en av rymdens solsystem.
Synnerligen är det inget särskilt med det i det stora kosmiska kaoset.
Kommer man närmare klotet, upptäcker man med stor häpnad att
en bestående av smuts tung molnmassa täcker dess atmosfär.
Det aktuella tidur som planetsystemets sol befinner sig, förevisar att
där vår berättelse äger rum är tidig morgon just nu.
Vid ett ansträngande försök att genomtränga det roterande klotets
gråa och tunga slöja som täcker atmosfären, kan man beskåda klara
linjer av landmassor och gnistrande hav. Men tränger man sig ännu
närmare blir man glatt överraskad av bebyggelsens svaga
konturlinjer.
En tätbebyggd ort med bosättare, industriell verksamhet och
bondgårdar där allehanda kreatur betar, utbreder sig några
kilometer åt alla håll på himlakroppens svårbelysta yta.

Det är morgon och livet håller på att vakna.
Filtrerad av den smutsiga atmosfären, lyser ett gråaktigt ljus över
staden, och byggnadernas former linjerar sig i dimman som
sagolika gestalter ur en apokalyptisk värld. Backar man lite i
observationen så att man kommer ovanför himlavalvet, upptäcker
man ett imponerande hav av prismatiska små kristaller som gungar
i den kalla luften.
De utstrålar en hel värld av skiftande färger och bär i sig livsviktiga
små droppar av vatten.

De är livets frö och avgörande för livets krafter. Medan de väntar på sin tid letar de öppningar i den gråa luftmassan, för att genomtränga den med sitt uppsåt på planetens halvdöende yta. Bland byggnadernas dystra vägnät, följer gestalter med tunga steg efter stadens inkorporerande livsrytm.

Trafikens mullrande verksamhet sprider farliga partiklar som samverkar med den förgiftande luften för ett ohälsosamt befinnande. Stora parkens ödsliga alléer av lövlösa träd, dämpar ner även de mest optimistiska förhoppningar för en ny och bättre tid.

Ungarnas stora ögon sitter fastklistrande vid lysande skärmar av skadande strålning, initierad i den artificiella lekens samvaro.

Ett sceneri i grå ton utan tydliga kontraster. Ett syndat rike i balansgång, snärjd på sina egna rätlinjigheter.

En hel rymd av de universella evolutions lagar som ofta har sista orden i allt liv, onekligen har de inte verkat.

Men på krafter starkare än gestalternas väl övade intelligens råder ingen nöd. Avvaktande har ingen tid då astronomiska realiteter bestämmer över livets mirakulösa omställning.

De färgrika gnistornas volym som finns och trycker ovanför den grå molnmassan, pressar ännu hårdare på planetens hårdpackade luftmassa. En orubblig kompression med avsikt att genomtränga det tjocka lufttäcket med sin prakt.

Det dröjer inte länge innan tunna strålar av iriserat ljus lyckas borra sig igenom den täta atmosfären, fast bestämt att väcka livet.

Till sist händer något underbart.

En mångfärgad klump av mångfacetterade droppar glider långsamt neråt.

Livets mäktiga budbärare har hittat vägen till den jordiska livmodern för vårens återfödelse.

Kollisionen med marken blir omärkbart i allmänhetens ögon. Den absorberas omedelbart av den länge väntande torra marken.

Dropparnas fall blir intensivare och större trots alla sorters förhinder och genom den fortfarande gråa luftmassan på himlen strömmar nu en ofantlig mängd färgdroppar neråt.

En grön fläck på marken underrättar omgivningen om att en livsprocess har startat på nytt, men nästa lövvingade grönhuvud som kryper fram har inte samma lyckliga framtid.

Direkt efter blir den hänsynslöst nertrampad av de förbipasserandes tunga steg. Men inget kan stoppa livets utvidgning och den fuktiga marken ger inte upp så lätt.

Så småningom släpps vårens första späda budbärare ur sitt varmfuktiga sköte,. Små färggranna blomklasar fyller luften med sitt doftande löfte. Hänryckta av livsglädje vänder sig dessa leende små blomhuvuden mot solstrålarna som lyser parken. I dess glansiga föreställning leker fjärilar och små insekter i luften.

Flera och tusentals flera gröna kvistar höjer sina halvöppna gröna händer mot den halvklara himlen nu. Ett hav av mångformiga och mångfärgad växtvärld täcker marken och de tills dess gråa och trista trädkropparna.

Små kvittrande besökare har lockats hit och susar med sina flygkonster i luften. Deras kvitter blandas med de små barnens glädjeskri och tinar upp de frusna vårkänslorna i människohjärtan. Solen snurrar vidare i horisontens röda hav och långsamt börjar dagen närma sig sitt slut.

Små blinkande stjärnor framträder nu på himlavalvet och månens silvriga ljus reflekterar sin magi över stan och dess invånares drömmar.

Mörkret härskar nu över de ödsliga gatorna.
Den fortfarande kalla luften håller vardagsförnimmelser i sitt grepp.
Vinterns dödsryckningar är i sin sista vals ovilliga att helt släppa taget.
Men ändå. Några livsformer håller sig verksamma och med febrila förberedelser kravlar de sig fram till ett nytt uppvaknade. De universella krafterna som styr deras nyvaknande signalerar fram det efterlängtade budskapet: Våren står på tröskeln.
Larver, insekter och olika sorters kryp är redan igång med att genomborra den fuktiga marken. Öppnar små gångar som ska hjälpa jorden att andas värme i växternas rötter.
Små flugor tränar upp sina nykläckta vingar och flyger omkring runt boningarnas värmeutsläpp.
Allt håller andan och väntar på den nya dagens ljusbärare, solstrålarnas segrande fall genom den kalla luftmassa som envis beskuggar staden.

Det är gryning.
En ny vårdag håller på att vakna.
Osynliga krafter hade fått en liten larv att söka sig till min bostads värme. Med en oavbruten ryckig rörelse kröp den mödosamt på det varma trägolvet, och sökte sig skydd i sovrummets mest avskilda vrå. Vid sängens sköna värmekälla. Larven i sin sköra kokong avvaktar nu förväntansfullt, på metamorfosens sista fas i sin evolutionära cirkel.

Människokroppen sover fortfarande i det delvis mörka rummet, och missar det fantastiska som håller på att äga rum. Lilla varelsens uppväckande process i kokongen har startat med ett mödosamt vridande och skjutande.

Tiden rullar vidare och de första ljusstrimmorna jagar bort skuggorna. Efter en kort paus avslutar varelsen sin mödosamma förvandling.

Något torrt, liksom en pappersbit faller på golvet. Ett litet kryp bryter sig ut intill sänggaveln. Samlad och avvaktande ligger det still. Tiden är inte inne ännu. Små ryckande rörelser för det framåt. Långsamt i början, sedan snabbare och snabbare fram mot sänggaveln. Min kropp vrider sig oroligt i sängen, törstig på mera sömn, vill ligga kvar i drömmen.

Klockans skoningslösa ringande bryter stillheten, och den förtrollade stunden är bruten. Jag kastar mig våldsamt ur min drömvärld och de sista drömbilderna suddas bort ur mitt nyväckta medvetande. Jag sätter mig upp, gäspar och sträcker på mig, utan mista aning om det som håller på att inträffa i rummet.

Några stjärnor tonas bort på himlen av morgonens första ljusbärare. Trots den tidiga tiden är luften redan varm och rummet dåsar i morgonens första solstrålar. Flygande sångare välkomnar ljuset med sitt kvittrande.

En ny, fantastiskt, vårdag håller på att gry.

Tiden rinner vidare, och dagen är inte sig lik i sovrummet.

Skuggorna i rummet jagas iväg uppåt väggarna. Den nya dagen exponerar sig med allehanda aktivitetsljud som tränger sig in i rummet.

Den lilla varelsen rör sig nu otålig på de mjuka och ojämna lakanen. Solens första budbärare till den nya dagen träffar den lekfullt på ryggen, och ur varelsens skakande kropp breder något vackert ut sig. Två vackra vingar, börjar vibrera i små rykande rörelser.

En fjäril leker med solstrålarna vid fönstret. Klättrar runt och hoppar upp och ner mot ljuset som strimmar genom fönsterrutorna. Fullt förvånad och glatt överraskad stannar jag och följer fjärilens glada soldans med halvvaken blick.

Försiktigt och med mjuka rörelser öppnar jag sovrumsfönstret och med muntert sinne följer fjärilens första flygning ute i den friska luften. Med blicken följer jag fjärilen först uppåt i luften och sedan neråt. Dit ett strålande hav av grönska och en mängd av mångfärgade insekter och fjärilar lekfullt dansar omkring.

Främmande möte

Jag minns att jag var i tidiga tonåren, dagen då jag gick längs den otrafikerade vägen.

Jag skulle träffa mina väninnor, och så här dags på sen eftermiddag var utbudet inte så stort men vi brukade alltid hitta på något roligt ändå.

På axeln hade jag min gitarr hängande, som egentligen var pappas gamla gitarr, som jag hade fått ärva. Trots att jag inte hade någon läggning för musik, hade Pappa förhoppningar om att jag en vacker dag skulle kunna spela lika bra som han.

Jag var uppsluppen av mina tankar minns jag, skolålderns flicka med en hög av fantasier och drömmande gick jag vårklädd med kort kjol, och min favorit t-shirt med den batikfärgade solen på bröstet.

Bekymmerslöst glad gick jag längs vägen och världen log åt min gedigna ungdom.

Från långt håll såg jag killarna som hängde vid glasskiosken och fulla av bus, väntade på att något lämpligt offer skulle komma förbi som de kunde skoja med.

- Hoj, hoj, hallå tjejen, kan du spela, eller bara låtsas du? sa en av dem som jag inte uppfattade helt.

- Kom och sätt dig här med oss, jag bjuder på glass, sa en annan och hans blick gick fram och tillbaka mellan mina små tuttar och mina nakna ben.

Killen som flinade var äldre än de andra, och såg bra ut men något sa till mig att jag gjorde bäst i att fortsätta, dessutom visste jag vad han hade i huvudet när han slickade sina tjocka läppar.

Jag var inte alls rädd, minns jag, lite nyfiken kanske men inte så pass intresserad så att jag kunde övertygas om deras inbjudan, därför fortsatt jag gå med lite snabbare steg nu.

En av dem skiljde sig från gänget och började följa efter, medan de andra killarna hojtade och retade honom.

Det var främmande ord på främmande tungomål.

Hela akten gick som en parodi av förföljelse som vid ett annat tillfälle och under andra förhållanden skulle väcka rädsla, men utan att titta bakåt fortsatt jag gå som om det hela inte var något som skulle bekymra mig. Okej, lite skärrad var jag, eftersom jag inte visste hur länge killen hade för avsikt att följa efter. Men jag märkte att för varje steg jag tog blev avståndet mellan oss större. Deras röster hördes svagare nu och jag förstod utan att titta bakåt att hela akten handlade om glams och att ingen följde efter.

Vägen fortsatte vidare och vid korsningen lämnade jag den, och följde stigen som ledde igenom den lilla skogsdungen, där den stora klippan som vi brukade klättra upp på och skämma fåglarna med våra skrik fanns.

Stigen var kantad av högt gräs och överväxta vildblommor som jag vid andra tillfällen tyckte jag om att plocka buketter till mamma av.

När jag kom närmare klippan såg jag en blundande svart kvinna som stod framför den med pannan mot stenen.

Något i kvinnans egendomliga beteende väckte min nyfikenhet och jag stannade och iakttog henne.

Plötslig hördes någon som ropade efter mig. "Oh nej, säg inte att någon av killarna följde efter mig ändå" tänkte jag, samtidigt som jag märkte hur kvinnan vid klippan också hade hört rösten, och hon vände sig åt mitt håll.

Jag tittade mot röstens håll och lite lugnare såg jag att det var min klasskamrat Fredrik som kom cyklande och hade ropat på mig.

Väl framme stannade han mellan mig och kvinnan, som iakttog oss med samma nyfikenhet som jag hade för henne.

Fredrik är en snäll kille, (oj, vad de avskyr när man säger det, killarna menar jag) skojfrisk till överdrift, och en stor pratkvarn. Eftersom vi gick i samma klass hade vi både pratat och umgåtts en hel del, men inget mera. Han är bra, och som jag har märkt lite intresserad av mig är han, men han vet inte hur man säger de rätta orden eller pratar om saker en flicka är intresserad av.

Det låter fel, när de försöker säga de rätta orden, om ni förstår vad jag menar. Jag är inte expert på sånt men jag vet vad jag vill höra av en kille och hur det ska det låta.

Jag hälsade "tja" på honom och han hälsade "tjäna" tillbaka.

Vi stod där halvvilsna en stund, och passade på att sparka på några stenar och grästuvor. Efter ett par minuter gjorde vi ett par försök till en hjärtlig kommunikation, ni vet, vädret, hans nya cykel, min fina t-shirt, morgon-dagens matteläxa, sånt som folk som känner varandra pratar om. Efter en hel del kortfattade hitan och ditan, märkte vi att den svarta kvinnan hade förflyttat sig närmare och stirrade på oss.

Fredrik föreslog då att vi kunde fortsätta vidare tillsammans men jag stod som fastnaglad vid marken, och betraktade nyfiket denna svarta underliga kvinna.

Jag kände att hon hade en onaturlig verkan på mig, och jag hörde hur Fredrik hade slutat med sina inviter, och stod själv också där, utan att förstå något av vad som hände.

Då vände sig kvinnan med ett glatt leende till mig, och med utländsk accent frågade hon om jag ville veta "vad stenen talar om för henne!"

Fredrik stirrade nu först på mig, sedan på kvinnan, och åter på mig. Själv kände jag mig illa till mods för den konstiga frågan, och lite olustig av att detta skulle ske i Fredriks närvaro, därför visste jag inte vad jag skulle svara henne.

Kvinnan vände sig då mot Fredrik och berättade att för en stund sedan, stod hon och lyssnade på denna urgamla stenens "viskningar". Detta var något som hon kunde väldigt väl sa hon bestämt, och återvände sig till mig som vid det här läget hade slutat tänka.

"Stenen pratade och pratade och jag lyssnade och lyssnade tills kompisen kom", sa hon och pekade med sitt kolsvarta finger på mig. Fredrik blev nyfiken och frågade hur hon kunde göra det. Lyssna på stenar.

Då satte hon sig på en liten sten och började berätta för oss om ett liv långt, långt borta.

Där, i det brinnande infernot hon hade levt, var alla hon hade känt i detta liv borta. Hon berättade hur man i hennes värld kunde prata med djuren, stenar, trä och till och med de förfäder som hade dött. Men männen kunde inte prata med varandra utan de bara bråkade och misstrodde alla, även de sina närmaste. Därför dödade de varandra!

När hon hade berättar färdigt undrade jag om det alltid hade varit så.

"Alltid" sa kvinnan bestämt och hon suckade. Sen reste hon sig upp, och började gå, medan hon skildrade med sitt begränsade ordförråd, skönheten i världen hon kom ifrån.

Det började skymma och kvinnan var redan en bit därifrån. Vi stod och följde henne med blicken, när hon plötsligt vände sig om och sa att om vi ville höra henne berätta mera kunde vi träffas nästan dag.

Vi nickade och Fredrik ropade "hejdå" mot henne, men jag ville att kvinnan skulle stanna kvar, och svara på alla mina frågor som plötsligt dök upp i mitt huvud.

Vi hann ikapp henne, och utan några ord gick vi jämsides. Då vände sig Fredrik till mig och sa att han var tvungen att gå. Han var på väg till Jens (en annan klasskompis) då vi möttes, och nu väntar han på honom. Då kom jag att tänka att jag hade missat träffen med mina väninnor, som vid det här laget vet i gudarna var de var.

Medan jag stod still och funderade slängde kvinnan skrattande en godnattpuss mot mig, och så fortsatte hon vidare. Eftersom planerna ändrades, vände jag också kosan mot mitt hem.

Det är mitt i natten och jag har svårt att somna.

Halvvaken ligger jag och hör den mörka kvinnans röst som upprepas i mina öron: "du och jag… denna sten, och den lilla myra… grässtrå… dina föräldrar… och de där små afrikanska barnen som slogs ihjäl. Jorden! Stjärnorna där ute… vi är släkt! Vi står i förbindelse med livet, och bör ta hand om varandra…"

Plötslig öppnar jag ögonen, hoppar ur sängen, slänger på mig ett par byxor, favorit-t-shirten, skor, tar ficklampan och springer ut i nattluften.

Jag kommer till stenen, och där står Fredrik också. Han står på precis samma ställe som den utländska kvinnan vid klippan.

Fredrik tar min hand och lägger den på stenen. Vi blundar.

Plötslig blir himlen mörkt och hotfull, det blixtrar och en stark vind börjar blåsa. Snart är det storm där vi står, och vi håller om varandra, medan vi kämpar för att hålla oss kvar vid klippan. Vi hör kvinnans röst som berättar om hur ensam och skör människan är i livet, och hur världsalltet förtär sig i sitt framåtskridande.

Medan vi följer händelserna som spelas upp i våra inre ögon, dyker plötsligt de rastlösa killarna upp och med ett hotfullt flin håller de min gitarr i sina händer.

Först blir jag rädd och försöker fly därifrån men Fredriks hand håller fast mig hårt. För en sekund och medan jag försöker komma loss, uppenbarar sig kvinnans ansikte i hela mitt synfält. Jag ser hennes läppar som rör sig i försök att säga något till mig, men jag hör inte vad. Killarna kommer närmare, och med en våldsam rörelse kommer jag lös från Fredriks hand och kastar mig framåt i ett försök att komma undan... och då vaknar jag liggande på golvet.

ULLA

Hej alla fårskallar.

Mitt namn är Ulla.

Egentligen föddes jag som Bääla.

Mina bröder där borta jag kommer ifrån heter Ulle och Lammis.

Ulle med sina små horn är ett gutefår och Lammis är en sån där gullig ung tacka, som grannskapens alla barn älskar mest. Båda två är äldre än jag och Lammis är så gammal så hon kunde ha varit min mor.

Vi är av en utländsk sort och föddes långt härifrån.

Därifrån jag kom var vi så många så gräset räckte aldrig till åt alla, och hela tiden trängdes ännu flera nykomlingar. Det var alltid bråk om mat och plats att lägga sig på, ibland var man tvungen att ligga nästintill på varandra.

Ett eländigt liv.

Där träffade jag också min bästa vän, Ullrich.

Jag var en lammunge då, och jag minns att den ena stunden var jag hos min mor, och i nästa stund stod bara Ullrich bredvid mig. Jag ropade på mamma tills jag blev hes, men hon var borta.

För alltid.

Det var då jag blev sjuk, fick blåtunga. Blääärp!

När jag blev frisk var det bara Ulrich som brydde sig om mig. Det var då jag slogs av tanken att felet till allt elände var inhägnaden.

Om alla bodde utan stängsel, och vi kunde röra oss fritt, då skulle maten räcka åt alla, och sova skulle man kunna göra var som helst, även i ett träd!

Jag berättade mina funderingar för Ullrich och han skrattade.

"Du har glömt ulven" sa han allvarligt och jag kissade på mig av rädsla. Jag visste inte vad ulv var för något, men det lät otäckt.

"Vad gör en ulv och hur ser den ut?" frågade jag med röst som skakades av rädsla, fast jag var jättenyfiken.

"En ulv tystar lammet!" viskade han.

"Har du träffat en sådan otäcking?" viskade jag tillbaka.

Han tittade sig nervös omkring och skakade på sin hårda skalle med de vassa hornen, och hans bjällra klingade högt.

"Bääätre innanför stängsel än ute i den stora fria" sa han bestämt, och gick närmare de andra som stod i en klump och tuggade.

Jag tyckte om Ullrich, han var som en far för mig men jag tyckte inte alls om hägn ändå.

Detta var sista gången vi såg varandra. Människor med hårda grepp kom och tog mig från mitt gamla hem och forslade mig bort, till den ny värld.

"Bäätre på insidan" ropade Ulrich efter mig.

Hos den snälla familjen med två busiga ungar som jag kom till, fanns det inget hägn. Den stora hagen skulle räcka till många flera av oss, än därifrån jag kom. Inte bara till mig, Lammis, Ulle och Ullrich, utan för mamman och hela fårflock jag delade inhägnade med.

Morgonstjärnan lyser fortfarande högt uppe på himlavalvet och kvinnan sänker blicken mot slätten, där de nerbrända fälten fortfarande ryker efter gårdagens brand.

Det är tidigt på morgonen och nattens dagg vilar ännu kvar på den brända jorden. Idag är den rätta dagen som jag ska förberedas inför befruktning.

Långt borta på slätten skymtar man några vildsvin och en bit ifrån dem tittar två rådjur försiktigt fram mot betesmarken. Två stora fåglar cirklar högt i skyn.

Något prasslar bakom mig och jag känner ett försiktigt närmande av något. Jag blundar och känner lukten av det som närmar sig utan den minsta ljud. Något blåser luft på min nacke. Lukten av vilt är stark.

Jag vänder mig försiktigt om och tittar rakt in i två stora ögon som ger kalla kårar längs min ryggrad. Förlamad av Skräcken kunde till och med jag begripa att besökaren inte var bagge jag hade väntat med spänning.

Skepnadens kinder drar sig långsamt uppåt och en rad vassa tänder lyser skrämmande vita i månens sky.

Jag är stel av skräck och vill ropa på hjälp men kan inte.

Det är en stor naturkraft mina sinnen har fångat.

"Ulven tystar lammet!" hör jag Ullrich röst och som om dessa ord har en egen kraft kommer jag lös ur mitt lamslagna tillstånd och ett ledsamt och fasade Bääääääää kommer ut ur min torkade strupe.

Samtidigt som ulven öppnar sin skräckinjagande käft med de vassa tänderna, hör jag springande fötter som närmar sig och ser ulven som är redo att angripa min strupe.

Och då hoppar jag upp. Högt, så högt att jag hoppar över ulven som blev häpen av min prestation som den oväntade händelsen orsakade.

Men spelet är redan förlorat för det vilda hunddjuret.

Folket är redan vid min sida och ulven syns inte längre till.

Tacksamt blandar jag mig bräkande bland dem, ser inte rädd ut längre starkt övertygad om de trygghet och omsorg mitt husfolk har för mig.

Solstrålarna värmer nu min stelna av ulvens fruktande besök jag fick uppleva rygg. Besvikelse av baggens avbokade besök fyller fortfarande mitt sinne medan jag betar på det smaskiga gräset som baddar i morgondagg.
Så småningom leds mina steg mig mot skogen ända till den rinnande bäcken.
Solens varma strålar dansar sin glittrande dans nu runt min tjocka päls, och jag stannar vid den fiskande människans sida. Han lyfter upp en sprattlande fisk som hänger på hans krok. Han hade märkt mitt närmande och klappar kärleksfull på mitt huvud.
Bäääää, ropar jag glad, och innan jag trampar därifrån dyker plötsligt min bortförda mammas minne upp i min fårskalle.
Blääää bräcker jag sorgligt.

Vingarnas värld

Hon flög högt!

Fast flög är egentligen fel ord för hon flaxade inte så där som fåglar gör, utan färdades smidigt i luften liksom fiskar driver fram i vattnet. Därför skulle man med viss rätt kunna säga att hon flöt omkring i luften. Utan något särskilt mål höll hon på med detta nöjsamma glidande. Helt berusad av det viktlösa tillståndet, friheten från tyngdlagen som planetens massa påtvingar en, och av den upprymda frihetskänsla hon upplevde. Känslan då hon blev påmind om ett annat tillstånd, en annan tillvaro. Hon var inte säker på vilken.

Lycksaligt gled hon runt i luften, uppåt och neråt, framåt med blixtfart och med eleganta svängar både åt höger och vänster.

Hon svepte över omväxlande landskap, stora hav och floder, girade bland slöjor av vita moln, ovanför gatuvimlet med folk som var på väg någonstans och lekande barn i parker. Flög ovanför länder, städer och kyrkogårdar.

Efter en eon i detta uppspelta tillstånd blev hon glatt överraskad när hon plötsligt märkte att ett följe av ungdomar kom flygande efter henne.

Men snart märkte hon besviket att deras flygande var helt olikt hennes. Deras kroppar och sinnen var inte alls genomsyrade av samma frihetskänsla som berusade hennes kropp, istället drevs de av kamplust och antagonism. Förvånad över deras reserverade fientlighet och konkurrerande sätt att hetsigt flyga efter henne sänkte hon sin fart och girade nu avvaktande i cirklar runt dem. Hon beaktade deras häftiga svävningar i luften och märkte att de inte alls var insatta i navigeringens konst. Visst kunde de flyga men deras flygning var inte vacker. Den saknade elegans och den sorts lekfullhet som gjorde den till det den var, en upplevelse full av lycka. Deras klumpiga fladdrande med händerna, och ryckiga kast framåt med kroppen stod i total kontrast mot hennes smidiga kroppsrörelser.

Deras kraftcentrum låg i händerna och de såg ut som små barn i simbassängen, medan hennes kraftcentrum låg i benen när hon som en graciös delfin vackert flöt omkring.

Så trots deras stridslystnad och tölpaktiga beteende blev de till slut väldigt imponerade av hennes avancerade flygkonster.

Leende beslutade hon att bjuda dem av sin tid, och vägleda dessa hetsiga chauvinister i styrmanskonstens alla knep. Lära ut hur man undviker stora berg, vilka muskler man använder för att svänga bäst eller öka farten, och hur man utnyttjar luftströmmarna för att vila och spara på krafterna. Tjusas av sin egen virtuositet och fyllas av känslan.

Men också vikten av en oupphörlig beredskap, att ständigt hålla vakt mot hänförelsen av den oövervinnerliga frihetskänslan man upplever ju högre man kommer upp i luften.

"Att brännas till döds som pojken från en annan tid skulle vara ett dåligt sätt att avsluta en så nöjsam upplevelse", sade hon med eftertryck till dem. Hon berättade med stort allvar för dem om den unge mannen från en tid som bara få hade vetskapen om. Hur hänförd av känslan flygningen gav honom, flög han i sin högmodighet bortom sina gränser och dog. Hans dödliga fall ner i marken har alltid symboliserat just ungdomens övermod.

Innan de flög åt var sitt håll påpekade hon för ungdomarna att den sorts förflyttning i luftrummet de upplevde, var den yttersta existentiella uppgiften för en frihetssökande person, och utövandet av denna konstart kunde både hon och de själva bevisa.

Rent hjärta och klart uppsåt var det enda som krävdes. Detta var inget hon visste sedan tidigare, men när hon hade sagt det visste hon att det var så.

Efter att med en graciös sväng ha vinkat adjö till sitt följe fäste hon åter sin uppmärksamhet på landskapet under sig.

Hon hade hållit på en bra stund när hon plötsligt upptäckte att hon höll på att tappa höjd. Hon lyfte på huvudet för att göra en av sina eleganta volter och flyga uppåt men hon märkte att kroppen var tyngre nu och volten var inte alls lika graciös som den brukade.

Något var galet! Bromsarna fungerade inte! Hon flög nu rakt mot det massiva stenblocket som reste sig framför henne. Inga av de kontrollerande kroppsrörelser som styrde flygningen verkade fungera.

Panikslagen kämpade hon nu med alla möjliga knep som hennes kropp och hjärna kunde uppbåda utan något vidare resultat, medan berget kom närmare för varje andetag.

Den fruktasvärta krocken, smällen mot något hårdare än hennes kropp någonsin hade upplevt, och sedan inget.

Nästa stund låg hon helt desorienterad, hemlös i tid och rum utan kompass. Vilse i det halvdunkla medvetandetillstånd som man befinner sig i efter en upplevelserik men ojämn nattsömn.

Halvklara bildfragment trängdes bort av oroliga tankar som sökte svar.

Så småningom var rummet åter fixerat i minnet och hon kände igen sin kontinuitet. Hennes olust att stiga in i en ny realitet blev inte bättre av att några ljusstrålar lyckades hitta sig till henne och fyllde rummet med bländande ljus.

Besvärad av det muntra solljuset vände hon ansiktet mot väggen medan den halvvakna hjärnaktiviteten hängde sig kvar bland drömmarnas vit-rosa molnkuddar.

Några bildfragment ur nattens drömmar svävade fortfarande runt, likt förföriska nymfer som ville locka hennes halvvakna Jag tillbaka till magin som hon var en del av.

Fri, hon ville först och främst bli fri, vara fri för evigt. Som luft, som vatten. Fri som naturen, att endast följa uppsåtets väg, som hon så ihärdigt hade tränats för. Allt onödigt och omotiverat, skulle gröpa ur henne, som ett gammalt skinn. Detta jag letade hon efter i alla prövningar hon gick igenom. Ju mer hon försökte uppnå det, desto mer kom hon i kontakt med de komplexa, icke-linjära sambanden med det som var "utanför" självet.

De upplysta lärde ut att just när livet verkar särskilt komplicerat, är enkel ordning på väg att växa fram ur vändningen. Och när saker och ting verkar enkla, då är vi redo att välkomna de dolda subtila skillnader och uppsåtets komplexitet. Att den verkligt "objektiva" aspekten av saker inte existerar, eller snarare existerar som en given utgångspunkt.

Den är väsentligen oändlig i sin komplexitet och subtila distinktioner. Det som säkerligen svämmar över på näthinnan är ett amorft kaos av visuella stimuli, där ögat lär sig att urskilja, någon sorts ordning av något slag.

Hon reste sig upp, en ståtlig kvinna med lång vitt hår, och tittade ut. Snart var det hennes tur att reda ut frihetens pris.

Brungula kullar breder sig runt så långt öga kan se.

Horisonten, en blåviolett linje som sträcker ut sig från öst till väst, bär det ljuslila himlavalvet på sig.

Bland de helrunda kullarna höjer sig lik kristallkluster höga hus av skimrade färgtoner, i en färgskala av gråvitt och mörkt lila.

Ett svagt vindbrus blåser ständigt bland gator och hus. Detta ständiga luftdrag karakteriserar folkets yttersta strävan och livsuppgift; Flygningen.

Att lära sig flyga är lika viktigt för folket som att lära sig simma för fisken, fast till skillnaden mot fisken är det ytterst få som klarar det. Alla är i en ständig rörelse, en sorts gungade åt olika håll som i början tycks meningslös av betraktaren, eftersom den inte resulterar i något utom ett skevrande åt olika håll. Men vid närmare insyn i deras egendomliga läggning märker man att det har tre orsaker. Det första är platsens svaga gravitationskraft som förminskar kropparnas vikt. Stannar man längre och iakttar folket längre inser man att andra orsaken till deras hoppande, och gungande rörelser, är en preparerande fas till det som är deras livsmening.

Deras existensuppsåt är flygningen!

Folket är små varelser med en tolvåringens kropp och väldigt smala. Deras figur domineras av ett stort huvud med de fridfullaste ögonen i hela universum, och två tunna, fjärilliknade vingar som vibrerar konstant. Och nu vet man att just detta vibrerande är den tredje orsaken till det som ser ut en ständig rörelse.

Annars rullar livet på precis samma sätt som i andra verklighets-världar. Med samma vardagsplikter, smärta, glädje, kampen att växa till, och samma slut. Eller nästan samma.

Dessa varelser är fullt medvetna om ett existentiellt alternativ.

De kan flyga över sitt dödliga slut. Vidare till andra verkligheter. Det är ingen som har bevittnat det, denna slutgiltiga flygning, hoppet över livets gränser. Det är en instinkt de föds med, någon sorts inprogrammering i deras gener.

Det finns många av dem som redan svävar i luften, de flygandets mästare, de enda som har blickat över horisontens blåvioletta gräns. De kallas utvalda. Det är de som med sin prestationsförmåga i flygningen kunde spräcka för en millisekund sin världs yttersta gräns, och skåda en bråkdel av dessa alternativa existensvärldar.

En ny dag gryr

Tunna rosa moln bryter horisontens mörklila streck.

Allt verkar vara som vanligt. Folk har redan börjat med sina vardagliga sysslor eller är på väg med dem.

I en liten park med vackra buskaktiga träd i omkrets, håller några ungdomar med sina instruktörer på att träna flygningen.

De hoppar upp, skuttar omkring och kämpar för att få sina små vingar hålla deras kroppar i luften.

Instruktörerna springer mellan dem, rätar kropparnas position, lyfter upp dem samt delar råd om koncentration, eller vad den kunna behövas till hjälp.

Plötsligt bryter ett flaxande ljud som kommer ovanifrån denna väl organiserade verksamhet. Huvuden vänder sig uppåt, vingarna vibrerar frenetisk av upphetsning, och deras små ögon tredubblas i storlek av beundran.

Mitt bland dem landar en väldigt märklig gestalt av en lång och kraftigt byggd kvinna av omåttliga för deras små ögon proportioner.

Hon är vacker som en gud, med ett smalt ansikte som lyser av hennes avspända leende. Två vikta vingar lika stora med hennes kropp vibrerar av vinden på ryggen.

Så fort hon har landat blir hon omringad av ungdomarnas upphetsade små kroppar som vill se, känna, fråga och beundra gästen. Hon är inte vem som helst, utan en av de utvalda. En av de få i utvecklingsstadiet folket lever för att uppnå, men inte många lyckas nå.

Det är väldigt sällan som ungdomarna får se eller vara i närheten av en utvald, eftersom de lever lång borta, nära horisontens mörka strecklinje. Helt isolerade lever de där och förbereder sig för den sista fasen i deras redan höga utvecklingstrappa.

Hoppet! Resan över gränsen. Dit som ingen, inte ens de utvalda vet exakt vart den leder. Utvecklingspunkten som ingen har kommit tillbaka ifrån.

Hon klappar deras huvuden, kramar en och annans smala kropp och med sin tunna stämma svarar på deras exalterade frågor.

När den första upphetsningen har lagt sig visar hon sin flygkonst över deras gapande munnar. Sen tar hon över de lika upphetsade instruktörernas roll genom uppmuntrande rättande av deras försök att lyfta sig från marken.

Tiden går. Snart är det skymning. Himlens ljusrosa färg har börjat tonas ner till mörklila.

Utmatade av de frimodiga försöken att uppnå ett förväntat resultat, sätter sig alla ner på marken. Barnen ber henne att berätta om det hon har sett, något om världarna utanför deras existentiella sfär, och om det stora hoppet.

Hon tittar på deras förväntansfulla ögon, deras klena kroppar och bemöter deras entusiastiska iver med sitt snälla leende. Sen vänder hon huvudet mot den mörka horisonten och i hennes blick tänds en glödande beslutsamhet medan hennes mjuka leende förvandlas till en begrundad min.

Efter en kort stund vänder hon blicken mot dem och med viskade röst börjar hon berätta.

Om allt nytt, annorlunda, som hon och hennes likar hade upptäckt. Hur stor deras värld var och att det fanns andra världar med liv helt olika den de kände till. Varelser som levde och kämpade på sina olikartade sätt för att uppnå samma mål. Steget vidare.

"Alla liv har sin egen utvecklingsprocess i olika tidsstorlekar, plan och medel. Precis som här hemma", avslutade hon sin berättelse.

Barnen satt där och lyssnade på hennes röst som förtrollande, och märkte inte att hon redan var uppe i luften och viskade sina sista ord.

"De som kan se ända bort till horisonten kommer att beskåda min sista flygning. Jag kom för att säga adjö och är glad att jag fick vara med er. Min tid är kommen, adjö".

Luften darrar runt henne.

Hela hennes substans fylls av sista flygningens andemening.

Hon är nära målet, därifrån hennes yttersta hopp ska äga rum.

Den mörka horisonten fyller hela synfältet.

Någonstans där borta kommer det ske som det hon under hela sitt liv förberedde sig för. Många år av inövningar, träning och genomgångar av det som kan gå fel rullar förbi hela hennes innersta.

Alarmerar de rätta synapserna i hennes hjärna som i sin tur skickar mobiliseringsorder längs ryggraden, nerver, muskler och vitala kroppsorgan.

Stunden är inne. Sakteligen sugs hon in i mörkret.

Det mörklila mörkrets dynamiska kraftfält omringar henne och vita blixtar lyser kort för att fort som små kometer försvinna bort.

Hon rycker till i sin fallande färd.

Mitt i detta alltet tänds en liten tvekande tanke som snabbt går upp i rök, men som hinner blockera de tränade rörelserna, kroppens egna stimuli. Trots en mångårig pliktad inställning och indoktrinering om Saken blockera plötsligt hennes förnimmelseförmåga av överlevnadsinstinkter.

Hon står stil där. Ensam mitt i ingenstans. Som en stor fågel redo att ta sig till flykt eller gå till möts. Hennes kognitiva del uppfångar intets skapare. En formlös anblick utan fasta konturer eller ansikte. Dess förödande kraft spärrar hennes väg.

Bakom dess mörka skepnad kan hon se de olika världar som hon kan fly till. Leva vidare som en ny livsform med minnet av det hon hade varit.

I detta differentierande område av oförvitligt rymd, opåverkade av någon realitet kan hon nu fly och skapa sig ett fullföljande.

Hon varseblir sitt jags evolutionära framtid.

Långt framför henne ligger hennes utveckling, mellan henne och målet ligger den totala ensamheten, utan vetskapen av det hon hade varit, hennes kamp, tankar och känslor.

Hon vänder huvudet till det mörka fenomenet som står mellan henne och allt annat som hon kan bli.

Hon flyger närmare skepnaden och söker svar i dess förefintlighet.

Hon är så pass nära att hon kan se det bottenlösa mörkret där varken frågor eller svar kan förekomma. Instinktivt begränsar hon sina möjligheter till bara två: Låta sig absorberas av denna bråddjupa erebos eller flyga igenom den.

Plötsligt börjar saker ske inne i företeelsens absoluta mörker, och hon kan beskåda i den rymden som ingen kan beskriva, dit som ingen kan komma tillbaka. En iskall rymd av icke materia som bidar sin tid och avvaktar hennes tveklösa flygning.

Hon skådar nonexistensens dopfunt, ett obefruktat "kommer att bli". Ett ofödd kosmos i väntan på sin skapare. Hon, ensamhetens härskare, mörkrets gud.

Hon ser klart sitt beslut nu. Hennes kropp börjar mjukna, och styr flygkoden. Arvsmassans genetiska kod har redan börjat omprogrammeras.

Hon böjer sig för döden-livet, eller vad det nu kan vara av detta ofattbara.

Saken breder ut sig nu i hela hennes synfält i en omfamnings gest, och i den väntar henne den absoluta tomheten. Ensamheten, materiens och livets dopfunt. Förbi den de nyskapade verklighetsvärldarna.

Hon lyfter sina vingar, flaxar ett para gånger för att öka styrkan på sitt flygande, och med ett nyfött barns skrik hoppar hon.

Horisonten lyser av morgonens dagliga färgnyans.

På de små bruna kullarna ser man små varelser som på avstånd liknar barn, som med tunna små vingar på ryggen snurrar lekfullt ovanför marken som små barn gör i sin lek.

Då och då syns någon eller några som lyfter sig ännu högre i lufter och sveper flygande omkring.

Lite längre bort sker en lektion i flyggkosten.

Plötslig närmar sig en större och mera graciös figur flygande mot de som har redan lärt sig att flyga. Figuren som kommer till dem är en av de utvalda. En av de som är fulländade i flygkonsten, och har sett mycket mera av världen än alla tillsammans hade sett.

Mannen med de stora vingarna som skapar luftström med sitt flaxande landar bland dem, och efter den första upphetsningens minuter börjar han berätta läran och legender om flyghjältar.

När han berättar om ljudet den första flygmästaren av hans generation skrek ut innan han försvann vidare, hoppade barnen upp i luften utan vingarnas hjälp.

De mest modiga bland dem ville höra skriket, och då bjöd han på det mest skärande ljud han kunde åstadkomma, den lät precis som tuppens galande.

"Döden är en stillastående varaktighet i det tidlösa kosmiska ingets rum. Livet är rörelse och vårt kall är att bryta oss igenom det och föda substansen, till en ny existens!

Vem vet hur?" sa mannen och reste sig upp i sin storhet.

Flygningen! Ropade alla med en röst.

Slutligen…

…kom dagen jag skulle sluta på radion. Jag hade packat ihop mina få tillhörigheter som egentligen inte var mera än några klädesplagg, min laptop och diverse toalettartiklar.

När jag öppnade dörren till kontoret blev jag glad överraskad av bemötandet jag fick.

En efter en gick lokalradions övriga medarbetare ur sina kontor för att hälsa, och önskar mig lycka till. Men extra glad blev jag då Anna kom mig till mötes med det varmaste leende jag hade sett på hennes till dess ganska alvarliga uppsyn. Hon kramade mig varmt och medan hon ledde mig till vår lilla studio sa hon.

- Jag har en liten överraskning till dig!

- Men Anna, inte behöver jag några presenter, sa jag generad till henne.

- A! det här är en kuppartad överraskning. Jag tänkte att eftersom du slutar, och ingen kan klandra dig för något efteråt, skulle vi kunna göra en extra rolig sändning, en orationell sådan, sa hon och slängde till mig ett par pappersblad.

Jag satt mig på min stol och kastade ett snabbt öga på hennes papper.

- Ånej, Ånej… något sådan kan vi inte göra, tänker du inte på hur våra lyssnare kommer att reagera för sådant bludder…

- Sådana dumheter sänds varje dag på tv-kanaler, och så mycket jag vet har ingen farit illa av det. Jag menar ingen har blivit dummare än den är. Sa hon och bjöd mig åter en av sina sällsynta leende.

Jag tittade misstänksamt först på pappersarken, sedan på henne som lyfte jakade på sina ögonbryn.

- Jag vet inte, ditt förslag är fånigt! Sa jag och återvände blicken på papperet jag fortfarande höll i handen.

- Precis! Du vet inte, därför låt oss för första och sista gången göra television i radio.

Jag smålog åt hennes argument och tittade i hennes mörka ögon fulla av skämtlynne.

- Vad fa… kör på då. Det får bli spiken i kistan sa jag och vi skrattade åt tanken.

- Så här gör vi, tog hon kommandot. Aris får vara programmens presentatör som ska intervjua mig, och jag ska vara gästen, du får bestämma hur länge vi ska hålla på. Sen fortsätter vi med den ordinarie tablån, överens?

- Ok, kör på, du får vara producent idag. Gå och prata med Aris och när ni är klara spelar vi in det.

Hej och välkomna till dagens program med vers, musik och tidender från nära och fjära. Kvällens program är en farvälssändning och har speciellt komponerats av Anna Aliasson till vår producents ära……

- Nä men hej på er kära lyssnare och god eftermiddag.

- Ikväll ska vi börja vårt program lite annorlunda än vi har gjort. Idag ska vi sända tv på radio! Och för att inte ni ska vänta längre vill jag berätta att vi har en annorlunda gäst med oss som jag tänker intervjua.

Vi mötte honom i fjol då vi livesände "text och lyrik från fjärran" programmet. Ni minns hur roligt det var eller hur? (Applåder)

- Alltså, där ute i Majorna hade vi äran att berika oss med vår gästs bekantskap. En givande bekantskap måste jag erkänna, för all del, för all del. Så intressant tyckte vi att vår gäst var, att vi bjöd honom komma…hiit, så att han får berätta om sitt beslut att flytta ut till vildmaken.

- Musieur Gnagge varsågod.

- Hej! allesammans. Kvinnor och herrar, hundar och katter, och sällskapets alla möss, he he he….

- Men Musieur Gnagge, det finns inga djur, varken hundar katter eller möss som lyssnar på radio. (applåd)

- Inte? Är du säker? Du vet inte vad jag har sett. Jag kan se en hel del av dem som sitter där borta och skrattar. Vad konstigt att du inte har lagt märke till dem, annars brukar ni mediafolket göra er lustiga över dem. I sängen och vid maten, på restauranger och promenader, på stranden och…

- Ja, ja. Vi förstår. Men här i studion i alla fall pågår inget sånt du syftar på… oh ursäkta, jag menade inte…

- Det är okej! Möss är bra när de är osynliga eller utför saker efter kommando, annars är vi… sinnliga, eller hur?
Men det är trevligt att få komma hit, eftersom det var länge sedan jag var i fokus, och så många som kan få höra mig ikväll…

- Musieur Gnagge det är välkänt att möss alltid har levt i nästan symbios med människan. Vill du berätta för oss hur det kom sig att du flyttade från stan där maten finns, till en ödslig naturmiljö där tusen faror lurar bakom varje grässtrå och trädtopp.

- Med stor glädje, herr Baggis, fast det är en lång story, jag vet inte om dina gäster skulle orka…

- Oh, bekymra dig inte om det. Publiken sitter vid sina apparater för att underhålla sig och allt som kan sägas, oavsett hur ointressant det kan bli, tackar de för.

- Om det är så… visst viste jag om deras trista levnad men… men först ska jag berätta lite om oss möss, så att ni lättare kan förstå vår motivation till ett så radikalt beslut. Att flytta tillbaka till naturen.

- Varsågod musieur Gnagge.

- För det första bör jag göra klart för alla att vi möss är en ras av gnagare som älskar symbiosen med människan. Vi tycker om era varma hus, överflödet av mat, äventyret av att bli jagade och eufori när vi kan lura era mest utmanande fällor.

Vi är en livad släkt vi, vi gillar äventyr och dramatik, spänning, att till och med bli jagade, förbi faror och hinder, och vi gillar att skratta, o vad vi skrattar varje gång ni tror att ni har lurat bort oss, squick, squick! (applåd)

Men tro inte att vårt liv alltid har varit lätt. Nej, nej och åter nej! Tvärtom jag skulle säga, efter alla risker vi utsatts för i vårt klivande runt på vägarna, genom hav och land, över berg och i mörka skogar.

Och vad hände då med vår mödosamma kamp att etablera oss i er urbaniserade kultur, och lära oss leva sida vid sida med er? Ja, då blir vi tvungna att lämna alltihop och flytta tillbaka, "back to the jungle".

- Men vad är det som gick fel då?

- Fel? Det skulle jag inte kalla fel. Vi är två olika species av samma sort, jag vet att det låter överdrivet, men kolla i era testlaboratorier så du förstår.

Squick, squick, tänk att ni skulle vara som vi… Squick, squick! Men låt mig förklara. Som jag sa tidigare så är vi överlevare, vill ha spänning och utmaningar, samtidigt som vi älskar relax och lugnet.

Och barn oh, vad vi äskar att göra barn, fylla hela kammaren med deras små nakna kroppar som bara skriker och sprattlar omkring.

Gemenskap, min vän, gemenskap. Vi älskar gemenskap och stora fester med hela släkten.

- Skogen alltså... Musieur Gnagge, du skulle berätta för oss om ert tillbakadragande till skogen. (applåd).

- Just det, skogen, ursäkta för min spontana entusiasm. Alltså, allt började med asfalteringen och cementeringen ni bommade igen marken med. Ni täppte till alla möjliga in och utvägar för oss stadslevande arter. Ni vill isolera er från allt levande, det är okej, vill inte smutsa era skor, är också ok. Det är ert liv och er stad. Men för oss fyrfotingar blev livet ohälsosamt. Eftersom vi inte kunde överleva utanför era hus, flyttade vi in med er. Vi fick både trygghet, serverad mat och spänning, och blev mycket bättre än någonsin.

Men det räckte inte att ni stängde er bakom stängslar och lås, utan ni började riva ner allt gammalt och vacker i era städer, platser vi betraktade som kulturmonument, där oräknade antal anfäder hade levt ett rikt liv av spänning och jagande.

- ...och festande, eller hur Musieur Gnagge?

- Jo, det stämmer, hejdlös festande och kopulerande... hi, hi, hi. Många generationer fick se dagens ljus i de där kulturmiljöerna. Men det räckte inte heller med denna bedrövelse, att göra oss... kulturlösa så att säja. Ni fyllde alla nya bostäder med kontor där ingen mat fanns för oss.

Ni stängde ute dagsljuset och solen och levde under konstgjord belysning i en hälsofarlig tillvaro.

Ni lagade ingen mat längre utan beställde utifrån färdigt lagad av okänt ursprung och innehåll, som ingen av oss skulle äta, många av oss blev muterade, fick bölder, två huvuden och sex ben. Kan ni föreställa er hur det blev, viket smärta detta orsakade för oss?

Ohälsosamma byggnader utan matförråd, ingen tillagning av mat med färskvaror för er, inga knapriga matrester för oss, inte ens papper som vi under alla tider betraktade som en delikatess, och älskar att tugga.

Det var då som vi insåg att här och nu gick våra vägar åt skilda håll. Till skillnad från er som stängde ut det mest väsentliga ni har, samklangen med naturen, har vår naturkultur utvecklats till en ny intelligens,.

- Men Musieur Gnagge, alla är vi inte som du beskriver, eller hur publiken? (applåd) Det finns människor där ute på landet också som lever efter de som du kallar gagneliga naturförhållandena, eller hur?

- Tyvärr inte. Visst finns en och annan naturromantiker, men nästan alla har anmanat stadsfolks vanor. Vi vill leva, vill känna pulsen, säger de.

- Det är bra för allt att du berättar här för oss, så alla hör och kanske förstå varandets nyanser, skillnader så att säga, i ett sunt liv.

- Ja just det. Visst har vi försökt att kommunicera med er, vi har skrikit, ylat, gnäggat, men de som hörde sa, "bort med er lort. Ska bli skönt att bli av med er" och...

- ...Tack! Tack Musieur Gnagge som ville komma hit ikväll och förnöja oss med din berättelse, och nu kommer nyheterna...

När sändningen var slut, bandat och redigerat skrattade vi som aldrig tidigare hade gjort tillsammans. Vår munterhet följde mig och Anna ända till den lyxiga restaurangen där jag skulle bli bjuden på middag. Det blev champagne och mycket prat med de övriga medarbetarna i Göteborgs radio ända sent på natten.

Dagen på träffade jag Anna för sista gången, en sista fika innan vi skulle vidare med våra visioner.

Vi hittade ett café med utomhusservering i gamla stan och där satt vi, resonerade om framtiden och njöt i den varma luften dagen bjöd på, och den goda morotskaka som följde med kaffet.

- Du, jag måste säga det. Det är inte lätt att komma underfund med din sanna natur du. Under den korta tid jag har känt dig har jag ofta undrat vem den riktiga Anna är. Du är ofta glad och lätt att samarbeta men samtidigt när man läser dina texter, upplever man en undangömd konflikt inom dig som är svår att förstå och jag undrar var den kommer ifrån.

Hon hade ätit färdig sin morotskaka och nu skrapade hon de sista kaksmulorna från assietten. Jag märkte att hon tänkte och när hon var klar med både tänkandet och kaksmulorna höjde hon blicken, och såg på mig några sekunder tyst. Sen lyfte hon på axlarna och fortfarande med blicken fixerad på mig sa hon.

- Du har rätt med din iakttagelse. Det är ganska komplicerat att vara fången i en kropp som i mitt fall består av både grekiska och svenska gener.

Detta, att bestå av två sorters olika gener där den ena är så gammal lik en väl lagrad ost, som jag kallar arkaisk, och den andra modern i en ständig utvecklingsfas som jag bara vill kalla ost. *Το νυν είναι ποιητικόν αίτιον του χρόνου.* sa filosofen, har du hört det uttrycket?

- Oh! Aristoteles! Få se nu om jag minns rätt... hm, handlar det inte om människans tidsuppfattning i förhållande till vem man är? Jag vet inte om jag kan minnas mycket av det.

- Det gör inget, berätta vad du minns, med dina egna ord. Här finns ingen annan än jag som hör, och jag är inte bättre på de antika filosoferna för att rätta dig.

- Få se nu. Om jag inte minns fel. Man kan säga att *nyn,* eller ögonblicket, är en referenspunkt för tidsuppfattningen? Det vill säga att själv har ingen tidsmässig varaktighet, men är en del av tidens rörelse. Det ät ögonblicket mellan det som var och kommer att bli, utvecklar eller avgör vad något kommer att bli! Stämmer det?

- Kanske. Jag kan inte Aristoteles teorier men är ute efter din förklaring av hela meningen. Fortsätt.

- Sen har vi den *ποιητικόν αίτιον,* poetiska principen. Jag tror att det handlar om den kreativa faktorn i en förändring.

- Bravo! Bravo! Jag hade en aning om allt det här men skulle aldrig kunna förklara som du gjorde nyss. Hatten upp för ditt kunnande om vår stora Aristoteles.

Anna lyste upp hela hon och jag kunde inte låta att bli att beundra hennes hjärtliga entusiasm. Men sen blev hon allvarlig och såg på mig med begrundad blick.

- Men vi har också den som är ännu viktigare i satsen, "slutorsaken", eller hur? Vår tänkares fjärde grund, som jag tycker summerar tesen. Det som blir syftet till att något existerar, till att något blir till på grund av "*nyn*"!

- Exakt! Om poetiska principen hänvisar till en handling eller ett tillstånd som verkar för att skapa något. "Slutlig orsak" hänvisar till syftet varför något händer, varför vi gör som vi gör eller vilka vi är. Eller hur?

- Allt stämmer med det jag hade anat när jag försökte tolka tesen.

- Är det därför dina drömmar och beskrivningen av ditt tänkande är ibland, hur ska jag säga… surrealistiska. Söker du din *"nyn"*? svarade jag till henne med ett leende.

- Du pratade om uppfattningen om *nyn* i Tiden. Själv upplever det som en konsekvens av långvarigt tänkande och drömmar, som håller mig som gisslan. Jag färdas och skumpas omkring, splittrad i den stormiga vardagen och ledd av en kunskap och ett vetande som kommer ur mina drömmar.

Jag får uppleva reella sanningar i en värld där makten består i ord och inte i handling, där den yttersta kompetensen är att behärska snacket. Det är fruktansvärt, för egentligen är vi primater programmerade att äta, sova, föröka oss och utvinna ett högre medvetande för artens utveckling. Och de som är mest lämpade för det, de mest konsekventa bland oss, blir alltid vilseleda av de andra, de vältaliga som inte ens kan sköta en blomma, laga till en middag eller fortplanta sig ordentligt.

- Så är det, i själva verket vet vi från historien att när de olika utgångspunkterna inte beaktas seriös med ytlighet eller felaktig analys, så följer alltid en kris förr eller senare. Allvarlig eller mindre allvarlig, kortvarig eller långvarig, lokal eller bredare till sin natur, blodig eller mindre blodig. Kris dock, som ibland tar formen av krig. Och framför allt människor lider, mänskligheten blöder, och de flesta är åskådare till en föreställning som huvudpersonerna själva inte gillar.

- Men allt kan ändras till det bättre, även om världen domineras av de som huvudsakligen ägnar sig åt att märka ut och hävda sitt revir. Trygga och främja sin egen existens, stiga eller åtminstone inte sjunka i stammens inbördes rangordning och kopulera som besatta.

De lägger ner betydande energi på, de mest tillförlitliga strategierna för att lyckas i deras livsviktiga strävan efter revir, status och makt. Vad gör man? Hur skiljer vi det sanna utryck från en välartikulerad illusion? Eller ett väl talat löfte. Hur skiljer man strävan till makt från kreativitet? Vi talar om kärlek, om gott och ont, om filosofi (eller kanske ekologi), om hållbar utveckling (här menar man naturligtvis den materiella och absolut inte den själsliga) och klamrar oss fast vid dessa högtstående ideal som en fästing vid den varma hundkroppen.

- Visst liknar det inte livet en låtsasfars? Jag ser på oss hur vi agerar för att tillfredsställa våra temporära lustar och undrar vart kreativiteten tog vägen. Konstruktivitet och ödmjukhet. Är det inte nu som konsten och kulturella handlingar behövs?

- Ha, ha! Evigheten gäckar oss för att nästan allt i våra handlingar handlar om kompensation. Det gäller alla navelskådare som agerar efter olika grader av själviskhet, tills vi träffas igen för att offra till skuggorna allt som vi har vunnit i insikt sedan sist. Själv går jag omkring vilsen mellan det jag är och det bor vara.

- Vi kommer aldrig ifrån våra rötter ska du veta. Även när vi är långt bort därifrån, är vi fortfarande en del av det som vi har varit.

- Min svenska del säger mig att vara innovativ, gå vidare, livet är för att göra fel. Och den andra, den som jag kallar min arkaiska del, säger till mig att besinna mig. Vetskap är inte kunskap, man ändrar inte på något som fungerar. I dagens kultur av presentism och minnesförlust, där vi är besatta av allt nytt och mer allmänt av "framsteg" (vad det ordet än betyder) påminner satsningar som att analysera vår personliga historia oss om var vi kommer ifrån och vad våra förfäder upplevde och levde.

Och som alla historiker vet kan du inte veta vart du är på väg om du inte vet var du kommer ifrån. Bevarandet av det historiska minnet är grundläggande för bildandet, förståelsen och omformningen av sociala och politiska identiteter. Det är ett viktigt sätt att hjälpa framtida generationer att förstå det förflutna.

Ett lands historia har många aspekter och historiskt bevarande hjälper till att berätta dessa historier som varje plats bär på och att förstå frågan "vem är jag?".

Med globalisering och kulturell homogenisering lider många länder (särskilt mindre) av identitetsförvirring, vilket är anledningen till att det är så viktigt att bevara det historiska minnet.

Tyst betraktade jag denna fascinerande unga kvinna, som i sig bar ett gammalt och tungt arv som hon själv inte valt men som berikar hennes tänkande med mycket vishet.

- Jag är vad jag är, fortsatte hon. Vad jag skulle kunna vara, och vad jag inte är! Sliten mellan två språk, två sätt att tänka, två sinnen, både här och där är jag öppen som en havssnäcka för två kulturer. Ett lov som bärs av vinden i en värld av snedvridna speglar. Jag anpassar mig utan att göra val. När min fysiska kropp sover upphör en del av jagets upplevelser men jag glömmer inte, ständigt påmind om varifrån en del av mig kommer.

- Komplicerat... men jag vet fortfarande inte...

- Är du alltid lika nyfiken på kvinnor du träffar på ditt jobb eller andra sociala sammanhang, sa hon humoristisk, eller bara på de märkta med sådana skillnader som inte stämmer med ditt mal? Vad gör mig annorlunda för dig? Jag vet att jag inte är genetisk svenskfödd som följer sin historia.

Är det för att jag drömmer sådana drömmar ur ett främmande själsligt landskap som gör mig intressant för dig?

Jag tror att jag rodnade lite efter hennes raka frågan. Jag låtsades att jag var törstig och lyfte glasen för att dricka den klavlämnade vatten som fanns i den men det var tom. Jag såg på hennes halvironiska flin och vi skrattade åt det hela.

- Jag är övertygad att när man förstår sin natur, kommer man att hitta vägen som leder vidare. Är det du vill säga?

- Exakt! klappade hon entusiastisk händerna.

- Jag börjar förstå. Många gånger förblir vi människor fångade i våra åsikter, konventioner, fördomar och övertygelser som inte ens är egna.

Ofta är det rädsla och tvivel som styr våra liv, fångade i en värld som vi själva har skapat. Hur många tror inte att de ensamma besitter sanningen? Vi leds på en väg mot en snabb utveckling som påverkar allt som händer omkring oss och som ofta verkar okontrollerbar. Du är inte ensam att känna dig desorienterad. Jag tror att vi lever i det stora okändas period. Vi rör oss i en tid som domineras av det oväntade, det oväntade och det plötsliga.

- Som du pratar, skrattade hon. Du påminner mig någon jag kände från förr.

- Jag har inte berättat för dig att min far, inte min biologiska, är grek och något han försökte prägla in i mitt tänkande var att i livet ska vi inte envisas med att driva oss själva till att passa in. För var och en av oss sa han, finns den unika punkten där vi klickar bäst. Denna punkt omfattar alla våra skrymslen och vrår. Och detta händer inom alla områden av våra liv, professionella, personliga och så vidare.

Du bör försöka tills ditt hjärta slår rätt fortsatte han, och då kommer du att förstå det utifrån den frid och det lugn som skapas inom dig.

Hon lyssnade med huvudet lutande åt mitt håll, som för att kunna lyssna bättre. Sen sträckte hon på ryggen och sa:
- Den här känslan av att jag hör hemma här! Jag är en av de människor som aldrig kommer att sluta leta efter en ljusstråle i mörkret, en gnista av hopp i förtvivlan och en skvätt mod i uppgivenheten. Jag är alltid tvungen att gå. Jag tror att det är svaret på vad du letar efter. Men sanningen är att jag VILL gå... jag vill låta mig fortsätta, sprida mina vingar och flyga över och bortom denna labyrint. För att kunna se saker från ett annat perspektiv, och att kunna leva i denna labyrint som jag valde att krypa i dess gångar. Jag skyller inte på något eller någon för att jag vill tro att det är jag själv som definierar mitt öde och inte tvärtom. Därför är jag alltid tvungen att kliva vidare... för att hitta mig.

Vi tittade leende på varandra instämmande, och sedan vände vi oss mot de förbipasserande. Mina tankar hoppade omkring i en kaotisk villervalla. Jag lät det vara så. Ville inte iordningställa till en logisk slutledning. Jag vände mig åter till henne och sa:
- Jag gillar det du beskriver.. dina liknelser.
- Mitt skrivande. Hm, jag ser mig inte som författare om det är så du menar. Jag upprepar inte, jag upplyser inte, jag uppdaterar inte, jag informerar inte. Jag bara berättar! Att skriva är alltid en utmaning, en utmaning att vandra in i dolda aspekter av oss själva, en utmaning – en inbjudan till okänt territorium i våra liv.

När du skriver drömmer du utan att veta om du befinner dig i det verkligas land eller fantasins land, eller om du ständigt vacklar på deras gräns.

Och kanske orsakar denna mångfaldiga okunskap denna idiosynkratiska charm.

Jag vill inte bevisa att jag är sann i mitt tänkande. Jag kanske har fel i allt, har allt om bakfoten. Tänk på motsatsen och fundera på konsekvenserna. Om jag är barock så är det mina slutsatser som leder till vissa absurda konsekvenser! Men om det inte är så, och jag är riktig i mina tankar då är dess motsats sann, eller hur?

- Snälla, snälla du. Hjälp! Ska hämta mera kaffe, vill du ha något?

- Du bad om det, sa hon leende. Tack det är bra.

Det var mycket folk i rörelse som passerade fram och tillbaka på Haga idag. Mest turister som gick in och ut i de gammaldags butikerna med allt "exklusivt gammalt", men också en hel del unga familjer med barnvagnar överlastade med plastpåsar och barnsaker. De lite äldre barnen lekte i den lilla lekplatsen, och deras exalterade röster och skrik nådde oss trots att de lekte en bra bit ifrån oss.

Min kaffe var slut för längre sedan och efter allt vatten jag drack till kaffe och kakan, blev jag tvungen att besöka toan.

Väl tillbaka hittade jag Anna i ett långt meningsutbyte med ett äldre par turister som viftade med händerna åt olika håll.

Jag blev förvånad av det hjärtliga åsiktsutbyte som gick på franska, eftersom att det var något överraskande nytt att höra Anna prata så behändigt på det vackra språket.

-Men du kan franska! och vilken perfekt accent! Sa jag till Anna när turistparet hade gått.

- Ja det kan jag! Skrattade hon.

-Hur kommer det sig? Jag menar alla, gör inte det, inte jag i alla fall, skrattade jag tillbaka. Var det något särskild som gjorde att du bestämde dig för den franska språket?

- Exakt! Sa hon. Det var något speciellt som fick mig att börja studera franska. Du känner inte till det, men efter gymnasiet bodde jag ett par år i Aten och där blev jag vän med en fransman...

- Joho! Kärleken alltså! Hintade jag med min slutsats.

Anna såg förbryllat på mig, och under en stund sa hon inget. Sen skrattade hon och vinkade pekfingret mot min självklara minn och sa.

- Kärleken? Ja! Men inte av den sort du inbillar dig. Han var mycket äldre än mig, men vilken man! skrattade hon igen åt min sårade min. Kommunikationen gick i början på skakig engelska eftersom han var ok med språket men inte mera än så.

Naturligtvis kunde jag inte franska men jag blev fascinerad av det vackra sätt och tonläge han tilltalade sin dåvarande flickvän.

Mitt intresse för dem och deras vänskap fick mig att börja studera språket i Atens privatundervisnings *frontistiria*.

- Hur gammal var du då?

- Sexton!

- Och han då?

- tjugoåtta!

- Men, jag förstår inte. Du säger att du läste franska i Grekland vid sexton års ålder? Gick du inte fortfarande på skola här i Sverige?

- Jag bestämde mig för att ta en paus och lära mig franska i Aten, låter det konstigt? Dessutom hade jag den bästa hemträning man kunde önska sig, som att bo i Frankrike. Jag slutade prata engelska och grekiska och oavsett vart jag befann mig låtsades jag att bara kunde prata franska.

- Berätta då vad hände sen?

- Inte så mycket förutom det jag sa tidigare. Men om Timon, det är en lång historia… en lång, kuslig och samtidigt sorglig historia.

I denna komplexa, men samtidigt vackra värld, finns det en anledning till att varje person dyker upp på vägen i ditt liv. Oavsett om det är en välsignelse eller en lektion, dyker de alla upp i våra liv med ett större eller mindre syfte.

Ibland möter vi människor och kemin är så stark, att båda sidors liv förändras eller det finns tillfällen då folk kommer och skakar om det vi har gjort eller tror. Varje möte, oavsett om man uppfattar det som bra eller dåligt, är här för att tjäna något större, vår utveckling skulle jag våga säga.

I mitt korta liv fick jag lära mig att det är dessa olika typer av relationer som gör livet intressant, fullt av utmaningar och överraskningar. Ibland träffar vi människor och känner att vi har känt dem hela livet eller får uppleva synkronicitetens magi.

Förklaring om väsentliga tillfälligheter som ger tecken och människor som hjälper oss på vår väg att uppfylla vårt personliga syfte. Så det jag vill säga är vad jag tror; att ingen dyker upp i vårt liv av en slump.

- Nu fick du virat mig om lillfingret. Jag vill höra!

- Hm, ok då! Som sagt, jag var sexton år gammal och hade rest från Göteborg till Aten med två vänner, Lea och George. Tanken var att bo några dagar i den gamla staden och sedan båtluffa till ön Ios.

Vi hade kommit till Aten för två dagar sen, och efter ett tips vi fick av ett svenskpar om gratis boende, hade vi packat ihop våra ryggsäckar och sökte oss dit. Så, en sommareftermiddag stannade en av Atens gula taxi utanför ett gammalt sekelskifteshus och släppte ut oss.

Vi tänkte stanna ett par dagar till i Aten innan vi skulle vidare till öarna, eftersom den ursprungliga planen var att innan vi skulle vidare, skulle vi först se oss mätta i stadens berömda kulturcentrum och tavernaliv.

Men på andra dagen då vi var på väg till hamnen därifrån vi skulle med båten till öarna, tappade vi varandra i *Monastirakis* vimmel! Som om det inte räckte med det, när jag jagad av oro sprang omkring råkade jag ut för en olycka. Nämligen blev jag påkörd av en liten motorcykel, och skjutsades till röda korsets mottagning där jag blev omhändertagen och gipsad. Tack och lov var det inget allvarligt, någon sorts vrickning av foten och några skråmor, men under en vecka skulle jag undvika att trampa med foten så att den kunde läka.

När jag kom haltande till huset satt mina oroliga vänner runt bordet och väntade för att få höra om händelsen, oturen med min olycka, samt resonera om vår resas olika alternativ.

Vi bestämde oss att de skulle resa till ön redan nästa dag och själv skulle jag skjuta upp resandet tills foten var så pass bra och följa efter jag kände mig redo.

Mycket folk passerade dagligen huset och lika många bodde där också, förutom vi själva. Bottenvåningen tillhörde någons bekants bekant, ett gästvänligt par som var musiker, och alla som kände någon som hade bott där, sökte sig också dit. Ibland för att träffa likasinnade, ibland för att söka hjälp, råd eller tips i den stora staden, och ibland bara för att övernatta.

Utöver paret som hade våningen bodde andra människor också där, stadsbor av både grekiska familjer och från andra länder, och man kunde höra ett stort antal främmande språk som babblade på altanen vid ingången, men genom väggarna också med stor iver.

I det gästvänliga parets våning var det likadan. En och annan rökte med hörlurarna på huvudet, och diggade med foten, ett par drack öl. Vi diskuterade högt om någon de hade träffat, och några höll på att laga något som luktade starkt i köket. Folk låg i sina sovsäckar eller stod och hängde runt väggarna.

Själv satt jag vid det öppna fönstret som vätte mot gården.

Då öppnades dörren och in kom en lång kille med rufsigt hår som täckte huvudet likt en taggig buske, och under pannbandet två stora mörka ögon, du vet, såna man ser på ikoner av religiösa gubbar som har fått en uppenbarelse. En tystlåten kvinna som så fort de kom in gick och satt sig själv i ett hörn hängde efter honom.

De var Timon och Fanny!

Han presenterade sig med sitt namn och under min vistelse i denna gudomliga stad blev vi bästa vänner. Under den period i mitt liv jag bodde där föddes en stark sympati mellan oss som därmed gav möjlighet att lära känna varandra bättre.

Hela min uppmärksamhet fångades av hans fagra personlighet. Tiden tappade sin mening och mina ögon och tankrar var fångade i ett inbillat föreställningstillstånd, som föranledde av hans fängslande gestalt. Med tiden som gick lärde vi känna varandra så pass att vi kunde räknas som bästa vänner. Hans kvinna kom och gick hela tiden, och man kunde se att han inte sörjde för det. Timon stannade längre där och under tiden som det hela pågick hade jag inte märkt att alla mina vänner började försvinna en efter en, och lämnade mig och Fanny ensamma och drömmande med honom.

Under tiden vi umgicks med varandra, fick jag veta att Timon var barn till en medelklassfamilj från södra Frankrike, men redan vid 18 årsålder började hans resande runt i världen.

Som småstadspojke hade han växt upp med sina föräldrars initiala förväntningar, som ville se honom som en blivande lärare. Precis som alla i den nära kretsen han växte upp uppfostrades han efter ett konservativt religiöst tankesystem, och ända tills han tog examen från gymnasiet bestod hans liv bara av bara studier.

Men på grund av hans brist på empiriska motsägelser, fastnade hans rastlösa natur i en återvändsgränd; han upptäckte att han var introvert och dagdrömmare. Istället för att fylla luckorna i hans existentiella oro, förstärkte kunskapen, som hans omgivning värdesatt högt, hans fantasi versa realiteten som studier var menat att göra.

Dessutom till allas stora besvikelse lyckades han inte ta sig vidare efter gymnasiet, vilket krossade familjens förväntningar.

Så en dag tog han sitt livs första beslut; att på grund av det lömska missnöjet i hans närmiljö, åka och bo med katarerna i Languedoc. Han sa att han behövde mera lugn för att kunna organisera sitt liv, men de verkliga skälen fick ingen veta om. Han var trött på att höra om den tveksamma framtid som väntade honom.

"Socialt avfall kommer du att bli om du inte ändrar dig" ansåg släkten. "Du får inte vara rädd, du måste bli en man. "sades om hans första modiga steg mot strömmen. De grät av sorg, "du tänker inte alls på oss, allt vi har gjort för dig", tills hoten och vädjandena tystnade med tiden. Hade de accepterat hans beslut? förmodligen inte, för dem var han redan en förlorare. Nu fick de fundera på vad de skulle säga till alla som frågade om deras son. Men beslutet var taget. Ångesten som i så många år hade pendlat genom inaktivitet mellan vilja och behov, mattades av lite.

Det fick honom att stänga dörren mot ett svajande liv, och ensam korsa friktionen med sitt inre.

Han satt hos munkarna tre månader. Men tiden som flöt ymnigt med fördjupningar i hans läggning för inre vetenskap hade en något paradoxal effekt på honom.

Det började redan vid hans andra månad där, sedan munkarna tvingade honom de pågående obligatoriska bönerna, fastande, och onödiga skyldigheter, upprepningen sög sig fast som en vulst inom honom, och var avgörande för beslutet att inte förlänga sin vistelse där.

Tvivlande tankar plågade honom ända till gryningen, och överlämnade honom i en plågsam sömn som förföljde tröttheten i sinnet och kroppen.

En morgon kastade han sig upp rädd och genomblöt av svett, utan minsta tvivel om konsekvenserna av uppföljaren stängde han dörren till klostret och begav sig till staden.

Först trodde han att han befann sig i en annan värld än han hittills hade uppfattat som sin vanliga verklighet.

Allt var insvept i ett friskt och klart ljus som strömmade från himlens underbara blå för att bevittna hans beslut, och skapade en helt ny vy av mirakel som förenklat kunde beskrivas med termen liv.

Under de följande dagarna gick han omkring och upplevde den underbara känslan av de nya sinnena, kontakten med människorna, och glädjen som fyllde hans bröst.

Det var då han träffade Fanny och i henne alla världens kvinnor.

Efter att kärleksfebern lugnat sig lite kom de överens om att göra en lång resa till länderna i öst. Det tog två års hårt arbete med allt sorts jobb de kunde få för att fylla den gemensamma reskassan.

Deras sista anhalt var Aten där jag träffade dem.

När jag kom tillbaka till Sverige var jag fast besluten att studera vidare i Frankrike. Jag kunde språket och min fascination av både språket och en romantisk bild jag hade skapat i mitt unga huvud om landet bara växte ännu mera.

Jag gick sista året i fransk litteratur när en kväll, då jag låg och läste på min gamla andrahandssoffa ringde telefonen.

Efter mobilens förargliga ringning tog jag upp den, och kollade vem den var som ringde.

Jag rynkade på pannan för att där lyste inget namn utan bara siffror som visade att det var ett utrikessamtal.

- Anna, sa jag undrade."
- Hej Anna, det är Timon.
- Vilken Timon? Sa jag och startade en djupdykning i mitt minne där jag letade efter just Den Timon, bland alla Timon jag kände. Tills jag hittade honom.
- Timon! Ropade jag glad, vart ringer du ifrån?
- Härifrån, jag är i Paris och jag undrar om du har tid… jo, träffas?
- Självklart! Sa jag exalterat. Men numret du ringer ifrån är inte franskt…
- Oh, du har rätt. Det är Marockanskt, jag berättar sen. Men vad säger du. Vart vill du träffas? Jag skulle…
- Jag vet vart vi kan träffas, kan du hitta till det gamla trottoarkaféet *"Les Deux Magots"*?
- Mmmm, vänta lite, mmm, ja, jag vet! Mittemot *Saint-Germain des Prés* kyrkan?
- Det stämmer! Om en timme där, går det bra? Oh Timon, det var så länge sen, men vi ses snart.

Jag avslutade samtalet och blundade.

Minnets luftrum där allt låg huller om buller av tidens gång, öppnades i mina ögon och jag befann mig i Aten och huset som stod ensligt beläget på en kulle i den stora staden.

Platsen var röd prickad i minnets korridorer, där jag första gången mötte Timon.

Jag mindes första gången jag såg honom då han anlände med en bråkig och tyst kvinna. Mitt hjärta hade hoppat upp vid åsynen av hans uppenbarelse i rummet. Timon var en mycket tilltalande man, trots sin ålder, med en ståtlig och snygg lång kropp, fast utan det minsta sexistiskt utmanade.

Trafiken var lika livlig som alltid men jag kunde komma i tid till det gamla kaféet. Jag öppnade dörren och väl inne i ställets livliga atmosfär, hälsade jag på ett par bekanta som satt vid ett bord.

Efter några vardagliga fraser lyfte jag huvudet för att kolla efter Timon och såg en hand i bakgrunden som vinkade till mig.

Efter att vi hade kramats och pussats längre, satt vi oss ner, och i några minuter bara tittade mållösa på varandra.

Två väldigt nära vännen som efter en lycklig livsperiod tillsammans sökte sig undersökande i varandras känslouttryck.

En långt stund satt vi tysta av sinnesrörelsen, och granskade varandra med blicken.

Men det dröjde inte längre till innan en flod av igenkännande kommentarer och frågor vällde ur min mun.

Frågor om allt, tiden som gick, mitt saknande och hans mystiska telefonnummer.

Timon log för det mesta och försökte hinna besvara mina nyfikna frågor.

Till slut, när min iver hade lagt sig en aning, började han berätta om tiden som hade runnit och allt han hade varit med om, och sett i sitt omkring flackande.

Han berättade om deras reseäventyr och beskrev det mänskliga elände de mötte på de olika platserna de besökte och de så olika sätten folk uppfattade livet.

Allt detta tillsammans med deras tro och vilja till handling. Till sist drog han slutsatsen att resan inte gav honom ro, och resulterade i att han hade ännu svårare att anpassa sig till vardagen.

- Har du varit något hemma? Förresten, lever dina föräldrar?
- Hemma? Menar du i Perpignan eller där jag föddes? Du vet att jag inte har haft något hem sen jag var 17 år gammal och föräldrarna har jag inte sett sen jag var ungefär lika gammal.
Jag satt tyst och var ledsen för hans skull men det var fortfarande mycket jag inte förstod om vad som hade hänt sen vi sågs sist.
- Vad säger Fanny om allt detta, frågade jag förvånad över den dramatiska händelseutvecklingen.
- Fanny reagerade starkt på mitt beslut naturligtvis, och försökte övertyga mig men jag lät henne veta att det är för sent att gå tillbaka nu. Jag förklarade hur ledsen jag var att vi skulle åt olika håll, men det är omöjligt för mig att acceptera eller klara av kraven och ändamålsenligheten i ett förhållande.
När allt kommer omkring hade situationen förlorat sin ursprungliga sorglösa, naivitet och skönhet. Inte för att jag kritiserar Fanny, men eklekticism av introversion har tagit bort den sanna emotionaliseringen och spontaniteten. Innan jag gick lät hon mig veta att "eftersom jag såg det så var det bästa jag kunde göra för att hjälpa situationen att gå och hänga mig…

Hon ansåg också att "… människor som älskar mig och jag själv älskar ger mig så stora hinder i att flirta med mig själv". De var hennes sista ord.

Jag satt där och stirrade på honom. Jag hade märkt att hans berättande gömde något i sig. Jag kände honom väl.
Det här liknar en människans rekapitulering vid något stort beslut", tänkte jag och lyssnade noga utan att avbryta honom.
- Det är något som har hänt! Sa jag till honom och tittade djupt i hans mörka ögon.
Han såg ut som tagen på sängen. Först stirrade han tyst på mig och sedan sänkte han huvudet.
- Ja, jag visste inte att du kände mig så bra. Ja! Något har hänt.
- Berätta, sa jag och tog hans stora händer i mina.
Han lyfte huvudet och tittade på mig på ett annorlunda sätt nu, skrämmande tyckte jag.
- Jag är hemsökt!!! Sa han och fixerade mig med sin starka blick.
Spontant ville jag skämta om hans allvarsamma uttalande men hans blick höll mig fast.
- Hur då hemsökt… stammade jag fram.
- Du kommer att tro att jag blev rubbad, sa han med en suck och drog blicken från mig.
- Berätta! "
Han satt tyst en stund och gnuggade sina händer. Han smuttade på sin öl en stund till och sen såg han på mig.
- Efter vår tid i Aten kom jag och Fanny till Perpignan, där jag hade bott innan allt resande runt i världen. Tanken var att återfylla vår reskassa och dra vidare till Costa Rica, men mycket fungerade inte som förut och vi började glida ifrån varandra.

Till slut bestämde hon att åka och hälsa på sina föräldrar och jag satt jag kvar och visste inte vad jag skulle hitta på.

- Utanför mitt boende fanns en liten resebyrå som ordnade gruppresor till olika platser och en morgon när jag gick förbi ett skyltfönster drogs jag av en ny plansch som annonserade en rundresa till Marocko. Jag hade varit i Marocko och tyckte om landet men en rundresa på två veckor såg lovande ut. Efter några dagar klev jag med tolv andra resenärer ut från Marrakesh flygplats och packades in i en turistbuss som under två veckor skulle ta oss runt i landet.

- Du, i en grupppresa! Skämtade jag.

- Ja, precis! Det var så jag först tänkte också. Men det lät spännande och avslappnande, bo på fyrstjärniga hotell och inte behöva tänka på något. Dessutom hade jag inget annat för mig heller.

Första veckan hade gått fort med bussturer till intressanta platser som låg i den östra delen av Marocko och vistelser på flotta hotell och mycket god mat. Först njöt jag mest att gå på kvällarna på Marrakesh stora torget, *Djema el Fna*. En livlig plats som sedan hundratals år varit en handelsplats där nomader från Sahara har handlat med handelsmän från Marocko.

Kaotiskt och alltid fyllt av människor, ormtjusare, apor och sagoberättare som samlats varje kväll för att berätta historier. Eller spatsera in i Medinans *soucken*.

Tyvärr inte så mycket kontakt med den lokala befolkningen förutom några besök på kollektiv Där kvinnor på traditionell vis håll på att arbeta med utvinning av arganolja, och vävning av mattor. Intressant men inte så pass äventyrligt för egen del. Vid början av resans andra veckan beslöt jag att på egen hand åka till Rabbat.

Där skulle jag hinna med *Chellah Jazz* Festivalens två sista dagar där världsjazz spelades. Dessutom skulle jag besöka den berömda *Hassan moskén*, *Kasbah från Oudayas*, och *Chellah nekropolis*, hyperintressanta platser som jag aldrig hann besöka under min tidigare resa dit.

Han stannade sitt berättande och hans blick blev plötsligt matt och ofokuserad. Jag förstod att nu äntligen skulle hemligheten avslöjas, hemligheten bakom hans överraskande självplågeri.

I hjärtat av huvudstaden Rabat ligger *Oudayas-Kasbah*, det är en gammal fästning som ligger i en magnifik miljö med blå hus och smala gränder. Högt på en kulle vid mynningen av en flod och intill den gamla Medinan i Rabat. Fästningen står vänd mot atlanten och dominerar med sina murar på den långa sandstranden nedanför.

Innan jag promenerade hela vägen längs de gamla murarna som ledde dit, hade jag varit och beundrat den besöksvärdiga, Mohammed V: s mausoleum och de vackra trädgårdarna som omgav den…

Han stannade sin berättande och tittade konstigt på mig.

- Det var där som min historia med mitt självplågeri började. Jag hade precis kommit ut ur mausoleumsområdets port, och förbi de två ridande soldater som vaktade den kungliga graven.

Då drogs min blick mot en fascinerade figur. Vid gatuförsäljarens vagn som var parkerad precis utanför porten, bland alla människor som trängdes för att beundra de orörliga rödklädda ridarna på sina vackra hästar föll min blick på en flicka.

Där mitt i människovimlet hade hon ställt sig längs fram och hoppade från det ena benet till det andra om och om igen, och knaprade i sig solrosfrö och fräckt spottade ut dess svarta skal. Men det mest märkliga i hennes gestalt var hennes avvikande klädsel och det eldflammiga håret.

Hon bar på en rosa tunn klänning av tyll! Hon liknade en brud som hade smitit från sitt bröllop, en väldigt ung sådan eftersom hon inte såg äldre än elva - tretton år gammal. Det konstiga var att ingen annan lade märke till henne eller hennes utstyrsel, förrän en vresig far med sin lilla son föraktfullknuffade bort henne.

Jag blev arg av hans beteende mot flickan och ville komma fram och säga ett par hårda ord till honom, men trots min starka intention var det något som hindrade mig, någon sorts skamkänslor eller feghet, men min blockering bröts plötslig när jag märkte att flickan stod vid min sida och stirrade på mig.

Oh! Den blicken du, jag skulle kunna säga att den liknade en ängels blick, inte för att jag vet hur änglarnas blick ser ut men den strålade oskuldfulhet och hård auktoritet på en gång.

Den grep mig likt en griptång i min beslutsångest, och då insåg jag att jag var märkt!" Sen var hon borta.

Jag hade gått hela promenadvägen längs murarna och var ganska andfådd när jag kom fram till den gamla fästningen. På vägen dit fotograferade jag allt en engagerad turist skulle ville ha som minne hem, men jag kom till insikt om att det var mest för att slippa ångesten som orsakades av den remarkabla händelsen vid mausoleets portar.

Väl inne i fortet spatserade jag runt och gick in och ut i de trånga gångarna med de vackra blåmålade husen.

Jag gick omkring för att ta ännu mera bilder av de brokiga och fängslande husen, och plötsligt, fick jag en känsla att jag var iakttagen. Jag vände mig om och blev bländad av flickans underbara leende.

- Men se! där är ju du, ropade jag högt.

Hon stod vid ingången av ett hus, med vanliga kläder som flickor i hennes ålder har på sig och log brett mot mig.

Häpen av sammanträffandet stod jag med gapande mun framför henne, och trodde inte mina ögon. Från så nära håll märkte jag att hennes hår inte alls var rött som jag hade trott tidigare utan hade en brunrostad nyans.

Kan inte ha sett fel, tänkte jag överraskad, och det är omöjligt att hon hann färga det sen jag såg henne."

Hon stod där alltså, och log snällt mot mig. Jag tog ett steg mot henne samtidigt som jag lyfte kameran för att föreviga hennes gestalt och oemotståndliga leende, men hennes blick och sedan lilla pekfinger som bestämt gestikulerade nej, talade om för mig att avstå med min avsikt. Men jag hade redan tryckt på avlösaren.

Jag kastade några snabba blickar bakom mig för att se om händelsen bevittnades av någon annan bland alla nyfikna turister som strömmade förbi mig, men märkte ingen annans uppmärksamhet och lika snabbt vände jag mig till flickan för att säga något men återigen var hon borta. Väck, eller rätt sagt upplöst upp i luften.

Förundrad och förvirrad sökte jag henne bland alla människor i de trånga gångarna och i den stora avsatsen mot den vresiga atlanten. Hon måste ha gått in i huset tänkte jag.

- Men hallå, hon kan inte ha gått upp i rök på bara någon sekund? sa jag till honom tvivlande.

- Det är som jag säger, du får tro mig, sa han bestämt.

Några vänner som nyss hade kommit till kafét kom till vårt bord för att hälsa och medan vi höll på att byta några ord med varandra gick Timon till baren för att beställa något till sig. Väl framme vid baren vände han sig mot mig och gestikulerade med munnen om jag ville ha något.

Jag skakade på huvud åt honom nej, medan jag pratade med mina vänner som undrade vem den stiliga "farbrorn" var.

När han kom tillbaka med en öl i handen presenterade jag honom som en gammal, och mycket god vän till mig från förr.

När vännerna gick, bad jag honom fortsätta sin fascinerade berättelse och han log mot mig.

Fortfarande upptagen av händelsens märklighet tog jag på kvällen bussen till Marrakesh, och under resan kollade jag på bilderna jag hade tagit från Rabat. Men när jag kom fram till sista bilden, hittade jag istället för flickans gestalt bara en vacker utsmyckad blå dörr!

Förvånat kollade jag om det fanns flera bilder, för att jag var säkert på att när jag tog bilden stod flickan framför mig och vinkade nej med sitt lilla pekfinger nej.

Det fanns varken flera bilder eller flickan.

Väl framme vid hotellet sjönk jag i en orolig sömn där flickan spökade i varierade gestalter, utseende, och klädsel i mitt halvvakna sömnmedvetande.

Efter frukosten på hotellet gick jag hela vägen till *Djema el Fna*, torget där min favorit gatuvagn där hela världens frukt pressades för en billig peng fanns, och bjöd mig på en fräsch fruktcocktail.

Killen som sköte ruljangsen kände igen mig, och jag bad honom bestämma själv vilka frukter han skulle pressa till en ny smak-upplevelse.

Jag bytte några ord med honom om hans varor och om torgets livliga nattliv, och sen satt mig på bänken intill för att åtnjuta min vitaminkick. Under denna smaskens tid kopplade jag av, och följde med blicken alla människor som var i rörelse i den enorma *Djema el Fna* torget, eller som gick förbi mig på väg in i Medinans enorma marknad.

Plötslig drogs min uppmärksamhet av en flimrade rörelse vänster om mig.

Där! Vid min sida stod flickan och log mot mig!

Helt häpen glodde jag på henne och trodde inte på mina ögon. Livslevande stod hon där, trehundrafemtio kilometer från Rabat, smilade hon mot mig som om det var den enklaste sak i världen.

Ena dagen där, och den andra här. Hur kom hon hit? Hur hittade hon mig? varför sökte hon mig? Vem är hon?

- Vem är hon? Sa jag högt till fruktförsäljare. Känner du henne?

- Vilken av alla de små ungar som dräller här på torget, sa han och lyfte på axlarna.

- Ja, men har du sett henne tidigare?

- Alla ser likadana ut, smutsiga och fräcka är dom. Var på din vakt *raba*, hon kan lura dig utan att du märker det.

Jag vände mig till flickan som fortfarande stod leende vid min sida och granskade henne från topp till tå. Hon kunde inte vara äldre än tretton, något mellan nio och fjorton gissade jag. Stora ögon och rostflagade hår, antagligen klippt med fårsax eller något annat grovt klippverktyg som sprättade åt olika håll, och inramade ett sött och mjukt ansikte.

Den urtvättade klänningen som nu täckte hennes smala kropp var säkert någons som var mycket äldre eller större person än hon, men hon bar den på sig som om den var hennes finaste. Henne beniga ben slutade i ett par slitna sandaler som också såg ut att vara minst fyra nummer store än hennes smutsiga fot var.

Jag betraktade henne och ett liten leende växte i mig.

- En juice till! Vände jag mig till min vän som iakttog mig från sin fruktvagn.

- Kanske bor du gå i väg, sa han misstänksamt.

- Kanske, men ge mig en av dina exotiska blandningar då.

När jag fick min färskpressade drink i en plastmugg kom hon och satt sig vid min sida på bänken. Hon tittade upp mot mig leende och började snörpa i sig den vitaminrika juicen. Då och då vände hon sig mot mig och nickade nöjsamt innan hon återtog sitt nöjsamma drickande.

Tankar, en svärm av allehanda tankar snurrade i mitt huvud. Först och främst, om vem hon var och om hennes föräldrar visste att hon var här, så lång hemifrån? Följde hon efter mig? och hur tog hon sig hit? Inte för att det var något svårt att åka från Rabat hit, med jag var skeptiskt mot att en buss eller taxi väntade vid hennes dörr för att hon skulle hit, och hitta mig vid bänken där jag satt och drack min fruktjuice.

Tveksamt om inte ohållbart. Men hur gick det då?

Medan vi satt där tysta, kastade försäljaren konstiga blickar mot mig, flickan som brydde sig för tillfälle bara om sin drink, och jag i en utredningsprocess om koincidensen.

Jag tänkte att i denna fantastiska värld vi lever i, tjänar varje möte och varje möjlighet ett stort syfte. Ingenting händer av en ren slump.

Ett mystiskt fenomen händer i vårt liv som vi inte kan förklara med vetenskap eller något annat "konventionellt" medel. Det kan verka klyschigt att säga att jag inte tror att det finns tillfälligheter, och att allt händer av en anledning, men det finns sanning i dessa skeenden. Något sådan händer oftast när man känner sig vilsen och förvirrad, då möter man människor som helt kommer att rubba allt man visste, deras beteende kanske inte är vettigt och ibland kan orsaka smärta tills vägarna skiljs åt.

Från sådana erfarenheter lär vi oss, utvecklas och återvänder till ett mera rätt tillstånd för oss. Man vet vad man vill ha och får en vision, man får lättare att urskilja själsläggningen i våra relationer. Jag är övertygat dom att människor som kommer in i våra liv av en anledning, är vanligtvis där för att uppfylla ett behov som vi ännu inte har uttryckt.

Under mina resor som jag kallade livet, lärde jag känna alla typer av människor i många kulturer och sammanhang, och var och en av dem tjänade ett visst syfte som främjade min utveckling. Några av dem var jag tillsammans med för en längre tid, några var tillfälliga möten men alla påverkade mig på sätt som jag inte ens kunde föreställa mig.

Var och en av dem, och de kopplingar de representerar, har tjänat ett syfte, vare sig det var smärtsamt eller roligt, eller gav mig läxor. Både de bra och de dåliga har varit viktiga för min färd. Och nästan varje och en jag lärde känna har alltid varit ett fascinerande mysterium. Många stannade inte i mitt liv och en del är borta för alltid. Men alla som gjorde en anteckning om mig, påminner mig om mina drömmar, mina mål och visst om mina misstag.

- Jaha! Vad ska vi göra med dig nu min vän? Jag vände mig till henne och var på väg att klappa henne på huvudet men bestämde mig för att låta bli.

Hon tittade upp fortfarande leende och sen böjde hon sig ner och sörplade med sugröret det sista som fanns kvar i hennes mugg.

När hon var klar kikade hon först till höger och sen till vänster, reste sig upp, vände sig mot mig och med utsträckt hand ville hon att jag skulle resa mig upp, ta den och följa efter.

- Vill du att jag ska följa med? Sa jag till henne medan vi började gå mot Medinan.

- Monsieur, monsieur, ropade fruktförsäljaren till mig. Det bli problem, gå inte, polisen gillar inte… du… skakade han på sin solbrända huvuden varnande.

Jag stannade och flickan också. Med ett blygt leende såg hon på mig osäker, och sen drog hon mig därifrån. Men under de två minuter som hade gått hade jag hunnit reflektera över situationen och tvärstannade fortfarande med hennes hand i min, och såg mig runt. Undrade hur det hela såg ut, en utländsk medelålders man som gick hand i hand med ett marockanskt flickebarn.

Jag varken hann tänka färdigt eller säga något till henne och plötslig stod jag med handen i luften och återigen var hon borta! Försvann bland alla människor som vimlade omkring, precis som föra gången.

- Hur menar du försvann? Gled hon ifrån dig utan att du märkte det eller gömde hon sig bara, Jag förstår inte, du sa att hon höll dig i handen.

- Jag vet inte hur det gick till, men hon var borta! Jag sprang omkring och letade efter henne utan något resultat.

Min tid i Marrakesh höll på att ta slut.

Nästa dag var min nästsista dag och jag hade planerat att åka bus till *Essaouira*, en piratstad vid atlantkusten jag hade hört mycket om.

Egentligen var hela ursprungliga staden en liten fästning som på arabiska hette *Souira* men eftersom den var vackert utformad, kallades *Es-saouira*, "den vackra utformade".

På bussen fick jag veta att strand staden var Bob Marleys tillhåll också, och att det var föreskriven att varje turist som gillade reggaemusik skulle besöka hans *riad* där.

Väl fram blev jag imponerad av den flera kilometerlånga sandstranden som för tillfället var nästan tom på alla surfare på grund av de starka vindbyar som blåste från havet.

Välskyddad av passadvindarna tog jag mig lugnt genom *Essaouiras* krenelerade mur och spatserade lugnt bland de gamla husen med de vita och blå fasaderna i ett gytter av gränder.

Jag promenerade i skuggan av stadsmuren till Essaouiras Medina som är en av Marockos vackraste marknadsplatser och vid synen av alla marockanska kvinnor som satt i affärernas ingångar och malde argannötter med uråldriga stenplattor, fick jag en deja-vu känsla av något som fanns där och gjorde mig väldigt nervös.

Jag vet inte hur eller varför det fick mig att tänka på flickan, och jag såg mig misstänksamt runt. Men snart avfärdade jag tanken som befängd, att flickan skulle vara här också var rena förföljelsen av övernaturlig karaktär fast lite spänd blev jag.

- Mister, vill du rida på en vacker Barb-arabhäst längs stränderna i Essaouira? hörde jag en mansröst bredvid mig.

Jag fick se en ung och överdrivet glad man som skakade en färgad broschyr åt mig och pekade vid fortets utgång.

Utan att stanna log jag tillbaka och tackade nej, men han envisades att jag visst skulle rida. På något sätt tyckte jag om hans superentusiastiska sätt och skrattade åt det hela tills jag märkte att han hade lyckats leda mig dit han ville.

Där vid södra delen av staden och precis vid ett skyddat ställe vid muren stod en äldre man med två ståtlig vackra arabhästar och bredvid honom…flickan!

Förbluffad såg jag flickan komma springande till mig och med en vågad gest som var ytterst ovanlig i arabvärlden kramade hon mig glad. Men ok hon var ingen riktig kvinna och jag kunde ha varit hennes far eller farfar men ända.

Du skulle kunna se männen som glodde på de hela. Jag drog ifrån mig henne och vände mig mot männen som orolig skruvade på sig.

- Vad håller du på med mister? Frågade den unga mannen allvarligt.

- Gör? Jag gör ingenting! Känner du henne? Sa jag till honom fortfarande ur fattningen av händelsen. Vem hon är?

- Känner? Vem? Han gjorde en dum grimas mot den äldre mannen.

- Hon, henne! Vet du något om henne? Hennes namn, var hon bor… eller är hon med er?

Båda männen tittade konstigt på mig och sen sa samma unga man som tog mig dit bedjande.

- Please Mister, vi vet ingenting. Please! Och backade mot sina hästar.

Under tiden hade flickan åter hittat min hand och kramade den mjuk med sin. Själv förstod jag inte uppståndelsen hos båda männen och kände mig delvis besvärad av deras ovilja att svara på mina frågor, och delvis av situationens absurditet som var obegriplig.

Uppretad av deras konstiga blickar drog jag flickan därifrån och började gå mot den blåsiga stranden.

Atlanten svällde och kastade sig med vrede på den breda strandremsan medan hela raden av palmerna längs vägen svajade farlig av de hårda vindarna.

Det var precis som jag kände mig själv också. Vresig och vilsen av flickas förekommande. Vem var hon, och varför slog hon följe med mig? Vad ville hon av mig? Fast den största frågan var; hur kunde hon alltid vara där jag var?

Jag grubblade och grubblade länge med henne släpande utan att bry mig om den vresiga vågornas skum och vindbyarna.

Den här var min sista dag i landet och nästa dag skulle jag tillbaka till Europa. Vad skulle jag göra? En tanke var att gå till polisen och låta dem ta hand om flickan, men jag avfärdade den eftersom jag inte visste hur det hela skulle utvecklas, alla frågor som inte fanns något svar på, och hon som sa aldrig något. Dessutom hade jag inte tid med sånt. Bussen skulle avresa på morgonen och egentligen borde jag ha varit på hotellet och förberett mig för resan hem.

- Vad ska jag göra med dig? Jag vände mig till henne rådlös.

Leende och fortfarande med ett hårt grepp om min hand drog hon mig bort från stranden och vi började gå mot bebyggelsen. Plötsligt stannade hon vid ett skyddat ställe vid vägkanten och tittade leende mot mig.

- Vad nu då? Vad gör vi här? Frågade jag nyfiken.

Som vanligt svarade hon inte utan stod där som om hon väntade på något.

Jag vet inte hur länge vi stod där och väntade, medan jag under tiden försökte genom olika frågor att få något ur hennes mun. Hon kanske är stum bestämde jag mig för till slut… eller traumatiserad! Hon kanske kan prata men vill inte, kom jag att tänka förskräckt.

Men nej! Om hon var skadad skulle hon inte förlitat sig på ett så intimt sätt som hon gjorde med mig.

Vem är jag för henne? Nu kom en ny tanke och väckte ännu mera frågor utöver de som hade samlats sen jag träffade henne för första gången, men jag hann inte tänka mera för plötsligt stannade en buss framför oss och flickan drog in mig, och där förväntades av en herre i kaftan att jag skulle köpa biljetter.

Utan att hinna reflektera över vad som var på väg att hända startade den lilla busen sin mödosamma färd mot… någonstans!

Jag frågade killen i kaftan om bussens destination och han svarade på arabiska. Jag försökte med engelska men han kunde inte det. Då jag sa Marrakesh fattade han men till min förvåning svarade han skrattande på arabiska. Jag märkte att nästan alla män i bussen skrattade också åt biljettförsäljarens svar, medan de få kvinnor som satt där tittade misstänksamt på mig och flickan som fortfarande höll mig i hand.

Som om hon var rädd att jag skulle gå ifrån henne och lämna henne ensam", och förresten, ser hon inte ut som en ung Berberflicka?

Vad gör en Berberflicka med en äldre man i ett bus på väg till ingenstans? tänkte jag den nya tanken.

- Kan ingen franska eller engelska? Ropade jag nervös.

Alla tittade på mig med bekymmersrynkor i pannor och delvis oroliga av min exalterade uppsyn. Jag visste att många hade förstått frågan eftersom det som kom ur deras munnar var samma arabiska ord som jag fick vid första gången jag frågade.

Uppgiven satt jag mig ner och flickan trängde sig närmare och la sitt huvud på min axel.

Det hade gått flera timmar sen vi lämnade Essaouira och jag var utom mig själv av oro. Vad händer om jag hamnar någonstans i vildmarken, eller öknen? Snart är det mörkt och vart ska jag ta vägen? Men det viktigast var hur ska jag hinna till Marrakesh innan min Buss lämnar staden?

Det gamla fordonet kämpade sig nu i uppförsbacke på mindre vägar till sin hemliga destination. De flesta i bussen hade slumrat, och en och annan snarkade högt. "Min" lilla berberflicka sov också men själv kunde jag inte få en blund.

Oron tärde mig inifrån och min mage var som av sten medan ängslighet härjade i mitt huvud. Jag hade suttit still i flera timmar och jag hade kramper i mina vader av stillasittande, medan flickan fortfarande låg orörlig mot mig med ett fast grepp om min hand.

När bussen stannade var det redan mörkt och vi kom sist av alla ut i nattluften.

En liten stad lyste med sin svaga belysning och flickan återtog kommandot och började gå med mig i släptåg längs en liten stig.

Halvvaken såg jag mig omkring och min första tanke var att hitta någon människa som kunde kommunicera på franska eller engelska. Klockan var tio på natten och trots att jag såg en del affärer som lyste i mörkret fanns ingen levande själ någonstans.

Uppgiven lät jag mig köras dit flickan ville och vi hamnade vid någon sorts hydda av lera där hon stannade och vi gick in.

Naturligtvis fanns ingen människa där heller, utan bara ett primitivt kök och en säng som hon tog mig till.

I det här läget var jag som en kasperdocka, ledlös och utan något klar tanke i huvudet. Tröttheten och meningslösheten av det hela hade förvandlat mig till en säck av ben och kött.

Jag slängde mig i sängen och flickan kom och la sig bakom mig. Där överlämnade jag mig till en tung medvetslös sömn.

Anna slutade sin berättelse och drog ett djupt andetag. Själv såg jag på henne förvånad och helt mekaniskt sträckte på mina ben som hade somnat av det spända tillstånd som blev utsatt under hennes monolog.
- Och? Sa jag efteråt.
- Och? Oh jag känner mig så trött, kan du inte hämta något dricka snälla du. Jag är helt torr i munnen och försöket att återge berättelsen har gjort mig helt mat.
- Visst, visst, sa jag och gick för att hämta vatten till båda och en kopp kaffe till mig.
- Vad hände sen då? Sa jag otålig så fort vi hade återhämtat oss.
Hon var tyst en stund och sen såg hon trött på mig. Det här är så otroligt så jag vet inte hur jag ska berätta. Timon berättade inget mera om vad som försiggick där. Utan att han stannade i den lilla hålan två och halv år innan han kom till Frankrike för att göra upp med sitt tidigare liv.
- Men något sa han om den mystiska flickan och hur det gick under tiden han var där eller hur?
- Nja, inte mycket, bara hans funderingar runt händelsen och hans beslut att åka tillbaka. Trots min envishet att veta mera.
"Om det är något jag kan hjälpa till med skulle jag gärna göra det" sa jag till honom.
Han log mot mig och spred ut sina armar och kramade mig hårt, sen tackade han mig och sa att han skulle meddela mig om det var något.
- Vet du Anna, sanningen jag har hittat inom mig var förgiftad, den upptäcktes för sent för att rädda eller ändra på något.

Mina fötter har lett mig till dig min bästis, innan jag ska tillbaka. Du ska veta att detta inte hände på en dag utan hade börjat för några år sen. När jag insåg att mitt rutinanpassade liv hade skapat ett sorts beroende hos mig, att jag var indragen i en falsk överlevnadsprocess.

Sista natten innan jag reste hit hade jag sänkts i en djup och tung sömn som svepte mig djupt i sin mörka famn. Jag vaknade med ett visst obehag i hela kroppen. Huvudet var tungt som om jag bar hela himlen på det, men mina tankar, som så småningom stormade i det, var klara som vatten.

Beslutet! Beslutet om vad jag skulle göra vidare, blinkade grönt i min till dess håglösa kropp. Folket, morgonens bergsmänniskor knuffades sömniga vid gatorna, och i de små butikerna i en jakt på mat och ting. Men denna morgonen såg jag och märkte inget av allt vardagsgörande i det lilla samhälle jag hade bott de senaste åren. Man kunde tro att allt som till dess besvärade mig med oro och förvirring, var nu bortsuddat efter det nya uppvaknandet mitt beslut åstadkom.

- Men varför denna tragik, denna uteslutande inställning, och vart ska du?

- Jag stannar några dagar i Paris tills jag har fixat oavslutade ärenden och sen åker jag till den lilla staden i Marockos rödfärgade klippor. Där kommer jag att söka frid.

- Men Timon, kan vi inte prata om det? Måste du… försökte jag, men när jag såg i hans ledsna ögon förstod jag att hans beslut inte var oåterkallelig.

- Det finns ingen karta dit vi ska! Sa han högtidligt. Men jag ville träffa dig min vän. Det jag eftersträvade är så indefinit.

Jag utgav mig för att vara en man med sekulär syn på livet som inte går ihop med bisarra beslut. Jag har varit naiv då jag trodde att det som jag gjorde i mitt liv var något mera än själviskhet.

Att leva med flickebarnet, när jag kände till folkets hederskänslor var omdömessvagt och oansvarigt.

Min eftergivenhet kommer att såra både henne och folket oerhört, och jag vet att något sånt inte får ske av mig, den eftersinnande vise mannen! Skönheten och mysteriet om henne med allt som skedde när jag mötte flickebarnet, och handlingens tanklösa spontanitet är redan borta. Smutsig och förbrukat. Moraliseringen tvingar mig att följa mitt beslut. När jag är klar här åker jag till berget och där får jag landstiga oavsett konsekvenser min vän. Få ett slut. Definitiv, anakoret. Ta hand om dig själv min vän.

Det var hans sista ord innan vi skildes åt…

- Jag fattar ingenting, sa jag till honom. Vad vill du säga till mig min vän? Men han reste sig upp pussade mig på pannan och lämnade lokalen.

Efter en knappt månad sen jag träffade honom fick jag ett nytt telefonsamtal av Fanny, du vet kvinnan han var ihop med länge. Hon berättade att Timon hade gått bort. Den Marockanska polisen hade kontaktat henne för att berätta om hans död och att hon skulle dit. Eftersom hon kände till min relation till Timon, vi hade ju umgåtts länge med varandra, och hon tyckte om mig nästan lika mycket som han gjorde, tyckte hon att jag borde veta.

Därför undrade hon om jag ville göra henne sällskap dit.

När vi kom till det lilla berberssamhället som likt en vindruvsklase hängde sig på bergets slutningar, blåste en svag vind och spred det rödaktiga dammet överallt.

Som ett dammoln reste det sig upp och fyllde luften, de låga husen av lera, och bybornas fårade ansikten med sin röda färgnyans.

Vi märkte att alla där tyckte om den främmande mannen som hade bosatt sig sedan länge bland dem. De pratade om hans annorlunda händighet, kloka råd och den lugna glöden i ögonen.

Skaran av de bybor i den lilla byn som följde processionen visade att alla älskade och uppskattade vårt besök och de tog emot oss med vänlighet och respekt.

De viskade till varandra, och en del bland dem skakade på huvudet och ryckte på axlarna i okunnighet, om den märkliga händelse som chockade dem i deras enkla byliv.

Vi fick veta av myndigheternas representant att det fanns många åsikter om hans bortgång och han var inte med längre för att lysa upp mysteriet hans död skapade.

Läkarens uttalande om att det var ett toxiskt ämne som fick främlingen, Timon Abelins hjärta att stanna gav inte heller något svar om vad, och varför.

Deras Imam trodde att Fanny var fru till *almudaei aleilm* Timon, och jag hans dotter. Det visade sig att Fanny och Timon hade varit gifta ett tag, och polisen hade hittat hennes namn och adress bland hans saker där många foton av henne också fanns.

- *Allah Ahbar!* Gud är stor och stor är hans vilja! Mumlade byborna när de följde med kistan till begravningsplatsen. Enkelt svar om allt man inte förstår, en tillflykt i den gudomliga härskares nåd och bildlikhet.

- Flickan då? Vem var hon och vad hade hänt med henne? Frågade jag när hon hade pratat färdigt, förvånad att hon inte nämndes längre i Annas berättelse.

Anna var tyst en stund och tittade på sitt vattenglas som nu var tomt. Sedan lyfte hon huvudet och såg på mig med ledsna ögon.

- Jag ställde också samma fråga, Fanny visste inget om det, och byborna skakade ovisst på huvudet.

- Vilken flicka svarade de!

Eftertext

Om minnet, tankar och drömmandet

”Minne, var du än rör runt så gör det ont", säger poeten. Anna Aliason skriver om minnet, minnena, drömmar, om det förflutna och tvivlet. Hon undersöker människan och analyserar minnet, utforskar det känslomässigt, poetiskt och humoristiskt.
Anna Aliason bjuder in oss till att undra över minnets väg. Gåtan om vår existens och identitet med minnet som stöd.

Det händer ibland, när jag läser ett litterärt verk, ofta poetiskt, att vid en punkt blir jag påverkad extra starkt. Det vänder allt upp och ner och får mig att se saker ur ett annat perspektiv.
Varför blir det så? Kanske för att det handlar om något nytt fast välbekant, oväntat eller främmande. Kanske något ännu mer, något högre än vår självkännedoms nivå. En insikt som kommer upp till ytan under läsningen, men också efter den.
Det här kan för en stund få mig att känna mig vilsen, och utanför mina vanliga tolkningar av skeenden. En vädjan till frihet. Jag öppnar mig för möjligheten att tyda händelser utan äventyrstermer och fasta uppfattningar.
Att inte utesluta något, inte heller förutsätta skulle den vise mannen i mig säga. Förekomsten av sådana "överraskningar" betyder att vissa människor visar oss nya vägar. Och på ett sätt inbjuder de oss att gå i deras fotspår.

Anna Aliasons "minnet tankar drömmar" gör det.

När jag läser dikterna och novellerna en gång till, vet jag redan dess innebörd. Jag vet också vilka känslor och reaktioner de väcker, så när jag kommer till det sista ordet har jag fått min poäng.

Saker och ting motiverar inte alltid en logisk fortsättning. Trots att man kanske får en känsla av upprepning är det ändå något som växer ut ur texterna och överraskar. Som ett litet slag.. vilket gör att man tappar balansen.

Följande dikt berör tanken om att minnet kan vara en börda, men också en möjlighet till försoning och helande.

Minne, var du än rör runt så känns det
ett spjut som sticks in i hjärtat
en påminnelse om vad som varit.
Som den sista strålen av solen
innan natten tar över
ger du glädje och sorg.

Du är som sanden i en timme
flyktig och förrädisk
med skiftande färger och former
både vacker och skör.
En gotisk del av min historia
för utan dig skulle jag inte vara jag.

Dimitris Karamitros

Dimitris Karamitros är född och uppväxt i Grekland, han har bott i Sverige i ca 40 år. I Sverige har han arbetat som TV- och videoproducent och lärare.
Idag är han sysselsatt med digital konst/måleri och skrivande. Dimitris har skrivit trilogin *Plutos,* del 1 *Den andra sanningen,* del 2 *Snärjd i en pjäs* och del 3 *Transito.*
Dimitris är engagerad i miljö- och hållbarhetsfrågor och följer även utvecklingen av AI och den digitala utvecklingen globalt.